英雄奧德修

荷馬 原著

文潔若 編寫

商務印書館

英雄奧德修

原　　　著：荷　馬

編　　　寫：文潔若

責任編輯：楊克惠

出　　　版：商務印書館（香港）有限公司

　　　　　　香港筲箕灣耀興道 3 號東滙廣場 8 樓

　　　　　　http://www.commercialpress.com.hk

發　　　行：香港聯合書刊物流有限公司

　　　　　　香港新界大埔汀麗路 36 號中華商務印刷大廈 3 字樓

印　　　刷：中華商務彩色印刷有限公司

　　　　　　香港新界大埔汀麗路 36 號中華商務印刷大廈

版　　　次：2006 年 7 月第 1 版第 1 次印刷

　　　　　　© 2006 商務印書館（香港）有限公司

　　　　　　ISBN 13 - 978 962 07 1778 9

　　　　　　ISBN 10 - 962 07 1778 3

　　　　　　Printed in Hong Kong

目　錄

希臘諸神譜

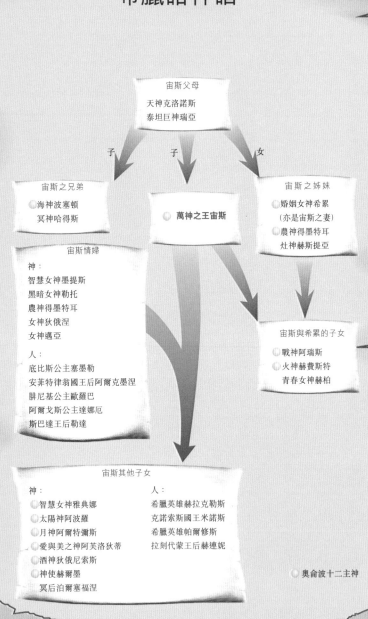

宙斯父母

天神克洛諾斯
泰坦巨神瑞亞

子 ／ 子 ／ 女

宙斯之兄弟

🔵海神波塞頓
　冥神哈得斯

萬神之王宙斯

宙斯之姊妹

🔵婚姻女神希累
　（亦是宙斯之妻）
🔵農神得墨特耳
　灶神赫斯提亞

宙斯情婦

神：
智慧女神墨提斯
黑暗女神勒托
農神得墨特耳
女神狄俄涅
女神邁亞

人：
底比斯公主塞墨勒
安菲特律翁國王后阿爾克墨涅
腓尼基公主歐羅巴
阿爾戈斯公主達娜厄
斯巴達王后勒達

宙斯與希累的子女

🔵戰神阿瑞斯
🔵火神赫費斯特
　青春女神赫柏

宙斯其他子女

神：
🔵智慧女神雅典娜
🔵太陽神阿波羅
🔵月神阿爾特彌斯
🔵愛與美之神阿芙洛狄蒂
🔵酒神狄俄尼索斯
🔵神使赫爾墨
　冥后泊爾塞福涅

人：
希臘英雄赫拉克勒斯
克諾索斯國王米諾斯
希臘英雄帕爾修斯
拉刻代蒙王后赫連妮

🔵奧侖波十二主神

本書人物關係表

幫助奧德修的神祇
眾神之王宙斯
智慧女神雅典娜
女神卡呂蒲索
風神埃奧洛
海底之神伊諾
鬼魂泰瑞西阿

阻撓奧德修的神／妖
地震神波塞頓
女神刻爾吉
獨眼巨人波呂菲謨
妖怪斯鳩利
妖怪卡呂布狄
賽俞島歌妖

拉埃提（父，
等待兒子回家）

幫助奧德修回家的人
淮阿喀亞國王阿吉諾
淮阿喀亞公主瑙西卡

奧德修
（回家）

幫助帖雷馬科尋父的人
奧德修老友曼陀
培西斯特拉陀
老貴族埃鳩普
蒲羅國王奈斯陀
拉刻代蒙王曼涅勞

潘奈洛佩
（妻，等待
丈夫回家）

求婚的貴族
尤呂馬科
安提諾
阿格勞
安菲諾謨
萊歐克利陀

帖畾馬科
（子，尋父）

幫助奧德修父子報仇的僕人
老保姆尤呂克累
女管家尤呂諾彌
豬倌尤邁奧
牛倌菲洛依調

背叛奧德修父子的僕人
羊倌美蘭修
女奴美蘭多

口頭文學和荷馬史詩

　　人類的"童年"是在口耳相傳的吟唱中度過的。在文字"空白"的漫長年代，人類的遠古祖先，在洞穴裡、火堆旁，講述狩獵時遇到的野獸，講述與鄰近部落之間的戰爭，講述大自然種種神奇現象，這些"講述"，便是人類童年的"文學作品"。在西方最著名的就是希臘諸神的傳説故事。

　　這些神話產生於古希臘時期，是當時人們口頭流傳的集體創作。經過世代口耳相傳，牙牙之語漸漸帶上了韻律、節奏，變成可以吟唱的故事。在古希臘，國王舉行宴會的時候，往往請吟遊詩人來彈唱助興，唱的大多是諸神的故事和古往今來的英雄偉績。相傳大約公元前九至前八世紀左右，在希臘的小亞細亞諸城中，出現一位雙目失明的吟遊詩人，名叫荷馬，他經常在宮廷裡為王侯吟唱古代英雄的事跡，並把七零八碎的故事編成兩部史詩，分別講述兩個英雄的故事。後代的樂師以口頭詠唱的形式，代代相傳。荷馬死後幾百年，公元前六世紀，這兩部史詩才開始有文字記載。公元前三至前二世紀，才有了最後的定本，一直流傳到現在。它們是反映古代希臘生活和神話傳説最精彩的篇章。

　　荷馬史詩圍繞古代希臘的諸神傳奇、英雄之歌來展開，其歷史背景是希臘傳説中歷時十年、規模宏大、給交戰雙方造成重大

荷馬與亞里士多德像

荷蘭名畫家林布蘭（Rembrandt)巧妙地把亞里士多德和荷馬畫在一起，饒有深意。亞里士多德的《詩論》曾高度評價《荷馬史詩》，他自己也深受其影響。事實上受《荷馬史詩》影響的又豈止亞里士多德？

創傷的特洛伊戰爭。《伊利昂紀》主題是描寫希臘人攻打特洛伊的故事，內容圍繞特洛伊戰爭第十年最後五十一天發生的事情展開，講述希臘英雄阿戲留的英雄事跡。《奧德修紀》主要是寫特洛伊戰爭結束後，希臘將領奧德修艱辛曲折的歸國歷程，塑造了一位智慧卓越、無比堅強、感情熱烈的古代英雄。

荷馬史詩是歐洲文學最早的優秀作品，被譽為"希臘人由野蠻時代進入文明時代的主要遺產"。雖然，荷馬，究竟是一個詩人的名字，還是一群詩人的名字，至今仍無定論，但其留下的英雄史詩卻與世長存。

前　言

　　各位青少年朋友們：你們知道甚麼是史詩嗎？史詩就是古代的長篇敍事詩。其中反映有着重大意義的歷史事件；或者以古代傳説為內容，塑造著名英雄的形象，結構宏大，充滿了幻想和神話色彩。古代希臘傑出的詩人荷馬所留下的《伊利昂紀》和《奧德修紀》，便是西方文學史上兩部偉大的史詩。

　　希臘位於巴爾幹半島伸向地中海的盡端。它東臨愛琴海，西邊隔着愛奧尼海跟意大利遙遙相望。這裡是歐洲古代文明的一座搖籃。希臘史詩是古代口頭文學的產物。國王舉行宴會的時候，就往往請吟遊詩人來邊彈邊唱，作為餘興，招待賓客。唱的大多是古往今來的英雄偉績。荷馬就是一位吟遊詩人。他的身份和職業，和本書第八卷〈淮阿喀亞人的競技〉裡所描寫的諦摩多科差不多。

　　在古代希臘，像這樣的詩人當然不只是荷馬一位。旁的人零零星星地唱誦，惟獨荷馬卻把七零八碎的故事編成了兩部史詩，一部是《伊利昂紀》，另一部就是它的姊妹篇《奧德修紀》。為了便於青少年朋友們閱讀，我把它們分別改寫成《木馬屠城》和這部《英雄奧德修》。我相信，等你們長大後，一定會有興趣去欣賞這兩個珍品的原作。

　　根據古代記載，荷馬大概是希俄斯島人，或者生在小亞細亞的斯彌爾納。這兩個地方都位於愛琴海東邊。

　　現在西方學者憑着史詩所使用的語言和它描寫的內容，估計他生在公元前九世紀至公元前八世紀之間。

　　和《伊利昂紀》一樣，《奧德修紀》也分成二十四卷，共有一萬二千一百一十行，比《伊利昂紀》短三百幾十行。

為了沒有讀過《木馬屠城》（據《伊利昂紀》改寫）的青少年朋友的便利，這裡把它的梗概介紹一下。

從前，希臘城邦拉刻代蒙的王后赫連妮被帕里斯王子拐騙到伊利昂城。阿凱人為了奪回他們的王后，飄洋過海遠征伊利昂城，和特洛伊人打了十年仗，一直不分勝負。故事集中寫最後取勝的五十一天的大戰，勾畫出驚心動魄的酣戰場面。赫克托是特洛伊大軍的主將，他刺死了阿凱將領帕特洛克勒。第二天，阿戲留替替摯友報仇，血祭赫克托。經過諸神的調停，阿戲留讓赫克托的老父普里安王贖回了愛子的屍首。

《木馬屠城》只寫到赫克托的陣亡和葬禮為止，可是照《奧德修紀》和古希臘其他作品的描寫，伊利昂的攻城戰還持續了不少時候。後來阿波羅一箭射中了阿戲留的腳後跟。原來阿戲留渾身刀槍不入，腳後跟是唯一致命的弱點。帕里斯王子頭一個發現了阿戲留已嚥氣，就通知了別人。但是過不多久，帕里斯也戰死了。

足智多謀的奧德修獻了一計，於是造了一隻巨大的木馬，一批阿凱人悄悄地藏到裡面。特洛伊人把木馬當作戰利品拉進城。結果阿凱人裡應外合，把伊利昂城攻陷。一場經歷了十年的戰爭終於結束了。

離鄉多年的阿凱首領們紛紛返回故國，奧德修也率領他的部下，乘船駛向他的故土伊大嘉國。從這裡就開始了以奧德修在海上的歷險經過為主題的另一部史詩：《奧德修紀》，下稱《英雄奧德修》。

這部史詩是用中途倒敍的手法寫的。開頭提到，一些阿凱人經過千辛萬苦，陸續回到了自己的故鄉，獨不見奧德修的影子。他在海上漂泊了十年之久，其間有七年，被女神卡呂蒲索扣留在奧鳩吉島上她的山洞裡。

奧德修離鄉期間，留在家中的獨生子帖雷馬科已成長為一個壯小伙子。當地的許多貴族子弟都以為奧德修早已死掉，他們成天泡在奧德修家裡，大吃大喝，並向奧德修的妻子潘奈洛佩求婚。潘奈洛佩千方百計予以拒絕，同時巴望丈夫能活着回來。雅典娜女神藉奧德修的老朋友曼提的形象，出現在帖雷馬科跟前，給他出主意説：最好乘船到蒲羅去，向老奈斯陀打聽奧德修的下落。找到奈斯陀後，那位老人勸帖雷馬科去向曼涅勞了解一下情況。曼涅勞告訴帖雷馬科，他父親被女神卡呂蒲索扣留了。

由於雅典娜在宙斯面前説了情，卡呂蒲索被迫把奧德修放走。他歷經艱辛，漂到淮阿喀亞人的海岸上。剛好瑙西卡公主帶着侍女到河邊來洗澡浣衣，她聽完奧德修訴説自己的身世後，便勸奧德修到她父親阿吉諾王的宮殿去。她相信父王會派人護送奧德修回家鄉。

在王宮裡，奧德修詳細地講述了這十年間自己所經歷的種種艱險。獨眼巨人吞食了他的同伴，女神刻爾吉施巫術把他的另外一些同伴變成豬，還試圖把他扣留在海島上。他又流浪到了環繞大地的瀛海邊緣，與過去跟他並肩戰鬥的阿加曼農、阿戲留、大埃亞的鬼魂談話。以後，他躲過了塞侖島女妖迷人的歌聲，擺脱了怪物斯鳩利和卡呂布狄的威脅，接着又被女神卡呂蒲索扣留。

阿吉諾王派船把奧德修送回伊大嘉。他首先找的是忠心耿耿的豬倌尤邁奧。雅典娜女神用神杖碰了他一下，使他變成一個老乞丐。因此，尤邁奧未能認出舊主人。女神轉身又去拉刻代蒙，通知帖雷馬科趕緊回到伊大嘉。父子重逢後，女神使奧德修恢復原來的樣子。於是，父子二人便商量怎樣向那幫求婚子弟報復。他們在雅典娜的支持下，把那幫蠻橫的貴族殺個落花流水，奧德修就和貞潔的潘奈洛佩重新團聚。

《英雄奧德修》通過精明強悍的主人公歷盡艱辛返回故鄉的故事，富於傳奇色彩的主題以及變化多端的場景，千百年來為世人所傳誦，的確是一部不朽之作。

《英雄奧德修》包含着許多驚險的場面，曲折複雜的故事，然而它的基本線索卻很清楚。它一方面寫出了一個聰明、勇敢的英雄對故土執着的愛，另一方面描繪了一個賢慧的妻子的堅貞不渝。奧德修是在闊別祖國十年後，才踏上歸程的。但又在旅途中度過了十年的光陰。女神卡呂蒲索待他十分殷勤，答應使他長生不老，然而他成天坐在一塊岩石上，對着茫茫大海掉眼淚。他一心一意要回到凡人居住的故鄉。

潘奈洛佩的善良、溫柔敦厚的性格也給人留下難以磨滅的印象。奧德修轉戰沙場十年，接着又漂泊十年，固然艱難，而潘奈洛佩在逆境中等待杳無音信的丈夫二十年，又需要何等堅韌不拔的精神！

作者在瑙西卡公主身上着墨不多，寥寥數筆，一個秀麗而儀態萬方的少女形象便躍然紙上。她對這個突然闖進她生活的中年男子無疑是關懷的，所以曾鄭重地囑咐他"回到故鄉後不要忘掉我"。奧德修和瑙西卡之間的這段友誼，説明作者善於用簡潔的手法表達出真摯的感情。

第十七卷〈奧德修進城〉中，關於奧德修的愛犬那段，幾乎是用白描手法寫的，感人至深。牠叫阿戈，是二十年前奧德修親手餵大的。現在牠老了，沒有人餵牠東西吃，所以瘦成了一把骨頭，躺在門旁的垃圾堆裡。牠認出了主人，但已沒有氣力走到主人跟前；只是拚盡渾身的勁兒向主人表示歡迎，接着就默默地嚥了氣。

又如第二十二卷〈殿堂裡的戰鬥〉的末尾，奧德修殺死了所有的敵人，第一次與家人坐下來談話時，作者簡單地交代了一句"他認得出每一個人，激動得真想大哭一場"，對當時奧德修的感情，僅僅點到為止。

荷馬史詩的原始材料是世世代代積累下來的神話傳説和英雄故事，蘊含着遠古文化的真實、淳樸的素質。這也説明，很久很久以前，地中海東部這個古代文明中心，就有了相當繁榮的文化。史詩用文字記載下來後，又經過好幾百年的加工潤色，才成為現在的定本。

從公元前兩千五百年或更早的時候起，一直到公元前一千年左右，地中海東部的愛琴海一帶曾有過繁榮昌盛的早期奴隸制文化。關於史詩《伊利昂紀》所説阿凱人攻打伊利昂城這件事，是有一些歷史根據的。十九世紀末，古代特洛伊人的都城伊利昂的遺址被發掘。它在公元前二千年到公元前一千年間曾被焚燬過九次，其中第七次可能就是攻打伊利昂城的歷史根據。

在希臘的邁錫尼地方，考古學家還發現了古代的巨大陵墓和巨石建築的城址，以及石獅甚麼的。陵墓裡遺留着裝裹死者的華麗服裝和金銀首飾，黃金面具和精美的青銅兵器。這樣就證實了有關古代邁錫尼的霸主阿加曼農的傳説也是有歷史根據的。

二十世紀初，英國學者在克里特島發現了重要的古代文化遺址，説明這裡有比邁錫尼更早、更繁榮的文化。

在《英雄奧德修》第四卷〈曼涅勞和赫連妮〉中，帖雷馬科看到曼涅勞那座金碧輝煌的宮殿裡，有那麼多金銀財寶，不禁大吃一驚。而在第六卷〈阿吉諾的宮殿〉，又有這樣幾段描述："宮殿附近有座大果園，一年四季都有鮮果。蘋果哪，無花果哪，還有橄欖、梨、葡萄，纍纍的果實，把樹枝都壓彎了，一陣陣的清香，撲進鼻子。緊挨着最後一排葡萄架，是一座花圃，一年到頭開着鮮花。既悦目，又芬香。"

"阿吉諾的宮殿豪華極了。大門和門環都是黃金做的。兩邊各有一隻金銀鑄成的看門狗。"

"王宮裡還有好幾個黃金鑄成的娃娃，他們手裡高舉火把，將大廳照得像白天一樣明亮。"

這些描寫相當細膩，讀來彷彿身臨其境。荷馬的史詩裡對這樣一些事物的描寫，同克里特—邁錫尼文化的實物相一致。這就説明，史詩的內容是以一些古代的歷史傳説為依據的。

但是從一些近年發現的壁畫來看，荷馬的史詩裡所描寫的也有與克里特—邁錫尼時代的實物不同之處，例如頭髮的顏色和式樣，盔甲的形狀等。因為荷馬畢竟晚幾個世紀，那時克里特—邁錫尼文化早就滅亡了。當他描繪從前的繁榮景象的時候，由於並沒有人親眼看到過，就只好以日後生活中的事物作為依據。

隨着考古工作的不斷發展，説不定將來還會有更多跟這兩部史詩有關的文物出土呢。

《英雄奧德修》故事裡有那麼多的天神、女神和可怕的海妖，小朋友們可能會覺得奇怪：咦，這些都是幹甚麼的？

古希臘的神話，是那裡的人還沒有能力支配大自然以前，對大自然所作出的遐想。比方説對於風暴，他們就想像有個風神埃奧洛。對於海上的驚濤駭浪，他們就想像有個叫做波塞頓的海神。這些在古代希臘人的頭腦裡虛構出來的形象，經過藝術加工，逐漸就在文學作品中變成了具體而生動的神話人物和英雄了。

和《木馬屠城》一樣，《英雄奧德修》所反映的也是人類社會尚處於童年時代的人和事，對於命運、勞動和婦女的看法，與現代社會差異很大。

史詩裡有很多迷信和宿命論的思想。例如《英雄奧德修》第二卷〈伊大嘉人的一場辯論〉中，就有關於憑着飛鳥卜吉凶的描寫。第二十四卷〈和解〉中，那些被殺死的求婚者的家屬，本來打算為死者報復。只因為使者彌東告訴大家，奧德修是在永生天神的幫助下，殺死那幫人的，於是一部分人才打了退堂鼓。

雅典娜從奧侖波山頂上往下眺望，看到仍然有一批人在尤培塞的率領下前往攻打奧德修，她便問宙斯，他究竟是讓雙方戰鬥下去呢，還是讓他們消除宿怨。宙斯説："叫他們忘記子弟被殺的事，……像從前那樣安居樂業吧"。於是，女神雅典娜為雙方訂立了和解的協定。

就這樣，在《英雄奧德修》中，主人公的命運自始至終都操縱在宙斯、雅典娜等神的手裡。

當帖雷馬科對曼涅勞的財寶表示驚奇時，後者告訴他，自己漂泊了七年，這些都是到了第八年才運回來的。那時，只要打敗了對方，就可以憑着武力搶走財寶。甚至把人也搶去，當奴隸使喚。像曼涅勞和淮阿喀亞人的國王阿吉諾這樣，有奴隸伺候，有財產享用，成天喝酒作樂，聽盲樂師吟唱歌曲，似乎過的就是神仙日子了。

婦女的地位是低下的。帖雷馬科對待母親，就不像對待父親那樣尊重。他出去打聽父親的下落時，甚至都沒跟母親招呼一聲就走了。

最後談談《英雄奧德修》的藝術技巧。主人公奧德修是個富有魅力的人物。他歷盡滄桑，見多識廣，不屈不撓，渾身是膽，憑着他的睿智、機警，終於戰勝了眾多的貴族子弟。

帖雷馬科的性格是有發展的。起初，他對那幫張牙舞爪的求婚者無能為力，成天垂頭喪氣。在史詩的末尾，他幫助父親打了個漂亮仗，已具備英雄的稟賦，説得上是有其父必有其子。

史詩作者善於使用譬喻，例如："淮阿喀亞的山影……籠罩在乳白色的霧靄裡，活像是一個巨大的牛皮盾牌。"(見第五卷〈卡呂蒲索的海島〉)像這樣生動的語言，再加上起伏跌宕的故事情節，性格鮮明的人物形象，使這部史詩成為西方文學中最受人喜愛的作品。到了本世紀二十年代，愛爾蘭小說家喬伊斯還以"尤利西斯"為題，寫了一部八十萬字的長篇巨著。"尤利西斯"就是"奧德修"的拉丁名字。喬伊斯把小說的主人公和英雄尤利西斯(也就是奧德修）相比擬，把他在都柏林的遊蕩和尤利西斯的十年漂泊相比擬，而且全書十八章——和荷馬史詩中的情節相呼應，通過全面的對比渲染了個人在社會中感到的孤寂，突出了個人的渺小與悲哀，從而可以看出"奧德修"對後世深遠的影響。

1. 雅典娜訪問帖雷馬科

阿凱人乘船離開特洛伊後，在海上遇到了風暴。有的人經過千辛萬苦，陸續回到自己的家鄉。奧德修那隻船，被雷劈碎，他的夥伴們全都淹死，只有他一個人逐浪漂流，被女神卡呂蒲索扣留在奧鳩吉島上她的山洞裡，一直扣留了七年。

奧德修的妻子潘奈洛佩和兒子帖雷馬科都不知道他的下落。一大群貴族子弟擁到他家，想霸佔他的財產。

住在奧侖波山上的群神都對奧德修表示同情，只有波塞頓對他恨得要死。因為奧德修來到卡呂蒲索的島上以前，曾把波塞頓的兒子波呂菲謨的眼睛弄瞎了。

這時，波塞頓到遠方的埃塞俄比亞人那裡去了。趁着波塞頓不在，宙斯就和群神商量，應該讓奧德修平平安安回家去才是。

雅典娜説：

"天父宙斯，我們可以派赫爾墨去説服卡呂蒲索，讓她放奧德修回家。我也要到伊大嘉島去找奧德修的兒子帖雷馬科，幫他出出主意。"

雅典娜降落到伊大嘉島上，搖身一變，變成達菲人的首領曼提的模樣來到奧德修家。只見一大群人正在那裡大吃大喝。雅典娜告訴帖雷馬科，自己叫曼提，是奧德修的老朋友，一個外鄉人。

雅典娜向帖雷馬科問道：

"你為甚麼這樣鋪張？為甚麼要請這麼多客人來舉行酒宴？"

帖雷馬科説：

"哪裡是我請的呢？這些傢伙都是來向我母親求婚的貴族子弟，他們是自己跑來的。照這樣鬧下去，他們很快就要把我父親的財產糟蹋光啦。

假若我父親是在特洛伊陣亡的，我還不會這麼傷心。那樣的話，全體阿凱人就會給他修一座墳墓，他的後代子孫也可以沾光。現在一陣狂風把他吹得連影子都不見了。"

雅典娜氣衝衝地說：

"我巴不得奧德修現在就全副武裝地出現在門口，好給那些傢伙一點厲害嘗嘗。明天一清早，你要把阿凱的貴族們召集到會場上，把你的想法對大家講清楚。你可以要求那些求婚的傢伙回自己家去，不許在這裡搗亂。

另外，你還要準備一條船，帶上二十個槳手，去找你父親。你可以先到蒲羅去，向老奈斯陀打聽打聽你父親的下落。然後再到拉刻代蒙去見曼涅勞，他是阿凱英雄中最後一個回家鄉的。"

帖雷馬科說：

"客人，我父親離家去打仗的時候，我還是個娃娃。從來沒有人像你這樣關懷過我。你說的話，都是為了我好，真像是父親對孩子那樣。我一定照你的話去做。"

帖雷馬科想留雅典娜洗個澡，吃點東西。雅典娜卻說她急著要上路，就走了。

帖雷馬科受到女神的鼓舞，就再也不怕那些貴族子弟了。他立刻走進大廳，對那些大吵大鬧的傢伙們說：

"明天一清早，請你們到會場上去，我有話跟你們說。現在，你們離開這座房子，回到自己家，揮霍自己的財產去吧。你們要是繼續在這裡鬧下去，我就要禱告天神，讓你們遭到報應，一個個地都死在我家。"

那些貴族子弟是欺負奧德修家沒有男主人，只有婦女和孩子，才敢這麼放肆，如今帖雷馬科忽然變得這麼大膽，使他們張口結舌，好半天說不出話來。

　　貴族子弟當中，有一個叫尤呂馬科的。這傢伙很狡猾。他懷疑準是剛才那位客人給帖雷馬科出了甚麼主意，就問道：

　　"帖雷馬科剛才那位客人是誰？他是打哪兒來的？他是為自己的事來的呢，還是你父親快回來了，託他捎信來的？"

　　帖雷馬科猜想，剛才那位來客準是一位神。但是他為人很謹慎，只說了句：

　　"尤呂馬科，我父親準回不來了，哪裡還會託人捎信來。剛才那位是我父親的老朋友，叫曼提。他統治着喜歡航海的達菲人。"

　　那些貴族子弟接着就唱歌啦，跳舞啦，一直鬧到天色完全黑下來，才各自回家去睡覺。

　　奧德修的房子是蓋在高地上的，從窗口可以眺望到遠處。客人散了以後，老保姆尤呂克累就拿着個火把替帖雷馬科照亮，將他領到臥室，帖雷馬科從小就是由這位忠實的老保姆照看的。

　　帖雷馬科整宵都沒有合眼。他睡在床上，反復琢磨明天該怎樣去做。

2. 伊大嘉人的一場辯論

第二天一早，帖雷馬科就派使者去把阿凱貴族召集到會場上來。人們集合後，帖雷馬科也帶着兩隻獵狗來到了。他坐在奧德修的座位上。

第一個開口的是老貴族埃鳩普。他有四個兒子。一個叫安提佛，跟着奧德修乘船到伊利昂遠征去了，一直沒有消息。另一個在向潘奈洛佩求婚。其他兩個在家守着祖產。

老人又懷念起安提佛來了，就流着淚說：

"自從奧德修出征後，我們就沒在一起開過會。現在是誰把我們召集來的？難道是有敵軍來進犯，還是為了旁的甚麼事情？"

帖雷馬科站起來說：

"老前輩，是我
請大家來開會的。我沒聽
說有敵軍進犯。今天的會，完全
是為了我個人的事情。我父親是死是
活，始終沒有消息。這裡的貴族子弟們卻成天
跟我母親糾纏。她並不歡迎他們，可是她也罷，我也
罷，都沒有本事攆走他們。他們每天在我家裡擺宴席，
狂飲美酒，快把我父親的財產敗光了。"

帖雷馬科激動地說到這裡，就嗚嗚地哭起來。

有個叫安提諾的貴族回答他道：

"這事兒嘛，都怪你母親哩。求婚的阿凱子弟是沒有
責任的。她對大家說：'我正在織一匹布。等我織完了。
再決定嫁給誰'。從那時候起，她白天織布，晚上藉着火
把的光，再把它拆掉。害得我們白白等了三年。到了第
四年，她的一個女奴隸把真相透露給我們。我們當場抓
住了她，她才不得不把布織完。你還是勸她趕快出嫁
吧。"

帖雷馬科回答道：

"安提諾，我父親遠在異鄉，是死是活都不知道，我
怎麼能把自己的親媽推出門去呢？你們要是再這麼胡攪
蠻纏，我就祈求上天，讓你們不得好死。"

帖雷馬科的話音未落，宙斯就從奧侖波山巔派來兩
隻鷹。它們撲扇着翅膀，在會場上空來回盤旋，眼睛裡
閃着兇光，瞪着開會的人們，然後向右邊飛去。

貴族當中有個預言家，叫哈利賽西。他能夠憑着飛
鳥來卜吉凶。他出於好意，對大家說：

"伊大嘉人，我估計奧德修已經回來了，他離家鄉不
遠了。你們還是趁早兒撒手吧，不然會遭殃的。當初奧

德修動身去遠征伊利昂的時候，我就說過他將遭受很多災難，失掉所有的夥伴，二十年後才能回到故鄉，那時人們都不認識他了。我的話很快就要應驗了。」

尤呂馬科說：

「老頭兒，你回家去把這套話說給你的孩子聽吧，以免他們將來大禍臨頭。飛來幾隻鳥算甚麼，我才不信甚麼兆頭呢。奧德修早就死在外鄉了。還不如你也跟他一道送命了呢，省得你為了貪圖一點好處，在這裡鼓動帖雷馬科。

帖雷馬科應該叫他母親回娘家去，準備改嫁。不然的話，我們就天天在他家裡泡，不把這個又聰明又能幹的女人娶到手，決不罷休。」

帖雷馬科說：

「現在我只有一個要求。我要弄到一條船，帶上二十個夥伴，到斯巴達和蒲羅去打聽我父親的消息。要是我肯定知道了他已不在人世，我就回來給他修一座墳，為他舉行隆重的喪禮。只有到了那時候，才能談到我母親改嫁的問題。」

帖雷馬科坐下後，奧德修的老夥伴曼陀站起來了。奧德修出征時，曾把家業委託給他。

曼陀說：

「請大家聽我講幾句。有一幫人以為奧德修不會回來了，就向他的妻子求婚，任意糟蹋他的財產。萬一奧德修回來了，他們將受到懲罰，保不準連命都送了。你們的國王奧德修過去待你們像慈父一樣。可是他外出期間，這些求婚子弟竟胡作非為。你們卻一個也不肯出面責備他們，干涉他們。我真為你們臉紅。」

求婚子弟中有個叫萊歐克利陀的，立刻站起來反駁他道：

"曼陀，不要胡說八道！你想煽動大家來阻止我們嗎？即便奧德修本人回來了，他也趕不走我們這些求婚的。他一個人哪裡敵得過我們這麼多人。現在就散會，大家各幹各的去吧。"

於是，散會了。大家都回到自己家去。求婚子弟們照樣擁到奧德修家去起哄。

帖雷馬科走到海邊，在藍藍的海水裡洗了手。他向雅典娜禱告道：

"昨天到我家來過的天神啊。你要我乘船去打聽我父親的消息，可是在會場上，那些求婚子弟對我十分無禮。"

這時候，雅典娜又搖身一變，變成曼陀的模樣，走過來說：

"你不要理睬那些求婚子弟，隨他們鬧去吧。他們將在同一天統統死掉。你這會兒就回家去，準備乾糧和酒。我立刻進城去召集槳手，準備船。"

帖雷馬科回家一看，那些求婚子弟正在忙着哪：有的宰羊，有的烤豬，好不熱鬧。

安提諾笑嘻嘻走過來，握住帖雷馬科的手說：

"帖雷馬科，還是跟從前一樣，和我們一道吃吃喝喝吧。"

帖雷馬科說：

"我從小就看見你們在我家裡胡作非為，也鬧不清是怎麼回事。現在我長大了，甚麼都明白了。我不會總是這樣容忍下去，遲早有一天，會讓你們吃苦頭的！"

他說罷，甩脫了安提諾的手。

求婚子弟七嘴八舌地拿帖雷馬科取笑。

這個說：

"帖雷馬科大概打算從蒲羅或斯巴達找幫手來，害死咱們吧。"

那個說：

"說不定他也會像他爹那樣，孤零零地死在半路上呢。那時咱們就分掉他的全部家當，只把房子交給他媽和他的後爹。"

帖雷馬科沒有理睬他們。他悄悄地叫老保姆尤呂克累替他準備十二罈好酒，並在羊皮囊裡裝上二十斗麵粉。他連對母親都沒告訴自己要走的事。他囑咐尤呂克累，他走後，如果潘奈洛佩十分着急，就私下告訴她，他到哪兒去了。

這當兒，雅典娜早把船準備停當，二十個槳手也找齊了。她憑自己的法術，讓求婚子弟個個都起了回自己家的意念。他們回家後，她又變成了曼陀，把帖雷馬科領到岸邊去見那些槳手。他們把酒和麵粉裝上船，就連夜啟航了。

3. 帖雷馬科找到奈斯陀

雅典娜給他們送來了順風。船在鏡子一樣光滑的海面上航行了一夜，清晨就來到蒲羅。他們拋了錨，走上了岸。蒲羅人正在宰牛給神獻祭。大家分作五百人一隊，每隊獻九頭牛。

雅典娜把帖雷馬科領到奈斯陀和他的幾個兒子跟前。他們把牛肉串在叉子上烤，正香味撲鼻呢！

奈斯陀的小兒子培西斯特拉陀請客人坐在羊毛毯上，緊挨着他父親和他的哥哥特拉蘇密底。

培西斯特拉陀在金杯裡盛上酒，對化裝成曼陀的雅典娜說：

"客人，請向波塞頓禱告吧。這酒就是獻給那位天神的。等你祭完了神，再把金杯交給你的朋友祭奠。"

培西斯特拉陀說罷，就把那酒杯遞給雅典娜。雅典娜向波塞頓禱告道：

"地震神波塞頓，為了這豐盛的大祭，請首先降福給奈斯陀和他的兒子，也酬報其他所有的蒲羅人。當帖雷馬科和我完成任務後，請保佑我們平安抵達家鄉。"

她祈禱完了，就把杯子遞給帖雷馬科，他也同樣禱告了一番。蒲羅人把烤好的肉分給兩位來客各一份。大家吃飽了，喝足了，奈斯陀就向客人問道：

"啊，客人，你們是甚麼人？是從哪裡來的，有甚麼事？"

帖雷馬科回答道：

"我們是從伊大嘉來的。我是奧德修的兒子。聽說他曾和您一起戰鬥，打下了伊利昂城。我想向您打聽我父親的消息。"

奈斯陀説：

"我看到你，感到驚訝。你説話的神情，簡直跟你父親一模一樣！許多勇敢的阿凱將領都在特洛伊戰死了，包括阿戲留、帕特洛克勒和我的兒子安提洛科。你的父親聰明機智，善於出謀劃策。開會時，我和他的意見總是一致的。

當我們打完了仗，準備回家鄉的時候，阿戲留的兩個兒子爭吵起來了。哥兒倆召集阿凱人開會。曼涅勞命令大家馬上啟程。阿加曼農卻不贊成，他要求大家留下來，先給雅典娜獻祭，消除了她的怒氣再走。

第二天清早，一半人就乘船動身了。另一半人和阿加曼農一道留下來。一部分人半路上又改了主意，掉轉船頭，回到阿加曼農那兒去了，奧德修也是他們當中的一個。我知道上天準備讓我們遭受災禍，所以就領着手下的船隊飛快地逃命。

回家後我才聽説，阿戲留的兒子尼奧普托勒謨所率領的摩彌東人都平平安安回到家鄉了。菲洛諦提也安全到達。伊多墨紐也把夥伴們統統帶回了克里特島。

我聽説，一大幫求婚子弟在你家搗亂。説不定你父親還會回來的。那時，他就會對他們的蠻橫行為做出報復。當我們在特洛伊吃苦的時候，女神雅典娜對奧德修格外寵愛。我希望她也同樣愛護你。那麼，那些求婚子弟的野心就永遠也不能得逞了。"

帖雷馬科説：

"老人家，您説得太動聽了，只怕這是做不到的。"

這時，化裝成曼陀的雅典娜對他説：

"我情願在回家以前多受些罪，晚些回去，也比像阿加曼農那樣被謀殺了強。"

帖雷馬科說：

"曼陀，咱們別再談這件事了。一談，我就傷心。我不相信我父親還會回來。"

他又向奈斯陀問道：

"不過，我倒是問問您老人家，阿加曼農大王究竟是怎麼送命的？當時他的弟弟曼涅勞在哪兒？"

奈斯陀回答說：

"曼涅勞是和我一道離開特洛伊的。半路上，他那艘船上的舵手死了，他只好靠岸，埋葬他的夥伴。後來又遇到風暴，大多數船都沉到海裡，只剩下五艘，漂到埃及。曼涅勞在那一帶流浪了好幾年。

阿加曼農離家的期間，有個叫埃吉斯陀的壞蛋和王后克呂坦尼斯特娜勾搭上了。阿加曼農一進家門，埃吉斯陀就把他謀殺了，並在彌吉尼統治了七年。阿加曼農的小兒子奧瑞斯提在他姐姐的幫助下，逃到瑞典去了。到了第八年，他長成了個棒小伙子，回國來，殺死了埃吉斯陀和克呂坦尼斯特娜，替父王報了仇。他正大擺宴席，慶賀的時候，曼涅勞在舢上滿載財寶回來了。

我建議你到拉刻代蒙去找曼涅勞。我的兒子們可以給你帶路。他一定會把真實情況告訴你。"

這時候，天色已經黑下來了。雅典娜和帖雷馬科想回到船上去，奈斯陀卻殷勤地挽留他們。

"我要到船上去歇會兒，順便告訴那些槳手們這裡的情況。他們都很年輕，跟帖雷馬科不相上下。明天我還要到別處去討一筆債。帖雷馬科一個人在你家過夜吧。"

雅典娜說完話，就變作一隻海鷹飛走了。大家都很吃驚。奈斯陀抓住帖雷馬科的手說：

"剛才那位一定是雅典娜。女神啊，請祝福我的兒子和妻子。我將要獻上一頭公牛，把牠的犄角包上黃金獻給您。"

當天晚上，帖雷馬科跟老奈斯陀，以及他的兒子、女婿一道，到了他們那座富麗堂皇的王宮，並在那裡過的夜。第二天，奈斯陀派人從船上把槳手們請來，設宴招待他們。他還叫金匠把金子打成金葉，包在牛角上，獻給女神雅典娜。

吃完飯，奈斯陀命令人們把兩匹駿馬套在華麗的馬車上。帖雷馬科和培西斯特拉陀上了車。培西斯特拉陀拿起韁繩，快馬加鞭，在茫茫的草原上奔馳了一整天。他們在一個叫做狄奧克雷的人家裡過的夜。第二天一早，又出發了，直到太陽落山後，才到達目的地。

4. 曼涅勞和赫連妮

拉刻代蒙地勢低，周圍都是山。他們到達的時候，曼涅勞正在為他的兒子和女兒舉行婚宴。

赫連妮生的女兒赫爾翁妮嫁給了阿戲留的兒子尼奧普托勒謨。他現在已經當上了摩彌東人的國王。曼涅勞的兒子是一個女奴生的，叫邁加盤提。兒媳婦是拉刻代蒙人，父親叫阿萊克陀。

金碧輝煌的宮殿裡，擁滿了前來祝賀的客人。樂師邊彈琴邊唱喜慶的歌兒。有兩個小丑在翻跟頭，讓大家開心。

帖雷馬科和培西斯特拉陀來到王宮的大門口，侍臣馬上就去奏報曼涅勞。國王請他倆進來參加宴會。帖雷馬科悄悄地對培西斯特拉陀說：

"這裡到處是金銀財寶，真讓人驚奇。依我看，就是奧侖波山上宙斯的神宮，也不過如此吧。"

曼涅勞耳朵尖，聽見了他的話，立刻就說：

"孩子，人嘛，是不能跟宙斯相比的。我漂泊了十年，到了第八年，才運回這些財寶。不過，當我在外面東漂西蕩的期間，我哥哥卻給人害死了。所以我雖然有這麼多財產，心裡可並不快樂。想到那些在伊利昂戰死的人們，我很難過。

但是，最令我悲痛的是奧德修。他為我的緣故，受盡了折磨，而今又失蹤了那麼多年，不知是死是活。他的妻子和兒子，說不定多傷心呢！"

帖雷馬科聽到曼涅勞談起他的父親，淚水就像斷了線的珠子，撲簌簌掉了下來。他慌忙撩起外褂下擺，掩住眼睛。

這當兒，赫連妮走過來（伊利昂城陷落後，被特洛伊人拐去的赫連妮又回到前夫阿凱人曼涅勞身邊。）。跟隨她來的侍女，為她擺好一把精製舒適的椅子。她坐下後，就問道：

"這兩位客人是誰呀？其中的一位，長得真像奧德修呀！當奧德修離開家鄉的時候，他兒子帖雷馬科還不過是個初生的娃娃哩。"

曼涅勞說：

"我也瞧着他眼熟。你這麼一說，倒提醒了我。剛才我提到奧德修為我受盡艱辛，他還掉眼淚了呢。"

這時候，培西斯特拉陀說：

"這一位確實是奧德修的兒子帖雷馬科。是我父親奈斯陀派我送他來的。帖雷馬科的父親下落不明。沒有人在家鄉為他抵擋災禍，所以他想向您請教該怎麼辦。"

曼涅勞知道果然是好朋友的兒子找上門來了，非常高興。他說了一番打心眼裡懷念奧德修的話。在場的幾個人聽了，感動得都哭了。培西斯特拉陀想起自己的哥哥安提洛科也戰死了，格外悲痛。

赫連妮說：

"我告訴你們一件英雄奧德修冒險進入伊利昂城的事跡。他用鞭子把自己打得渾身是傷，穿得破破爛爛的，裝成一個奴隸，偷偷地進入了伊利昂城。除了我以外，誰也沒看穿他的偽裝。

他快要回去的時候，私下告訴了我阿凱人的計劃。他殺了許多特洛伊人，又搜集到不少情報，才回到阿凱人的陣營裡。

當時，特洛伊婦女都急得大聲號哭，我心裡卻高興極了。因為我知道，伊利昂城快陷落了，我就可以回家鄉啦。我早就後悔不該離開親愛的祖國，丟下丈夫和女兒，跑到特洛伊來。"

曼涅勞說：

"你說得很好。我走南闖北，見過不少世面，可是從來沒見過像奧德修這樣機智勇敢的人。奧德修還同其他一些阿凱人一道藏在木馬裡，混進了伊利昂城。當時好險啦。你用手敲打木馬，學着阿凱將領的妻子的口音，一個個地叫他們的名字。我和狄奧彌底也藏在木馬肚子裡。我們聽出了那是你的聲音，恨不得走出去，或是在裡面答應一聲。虧得奧德修阻止了我們。

後來雅典娜讓你離開了那裡，阿凱人才按原訂計劃攻陷了伊利昂城。"

這時夜已深了。赫連妮吩咐侍女，替帖雷馬科和培西斯特拉陀鋪好了床，留他們住了下來。

第二天，帖雷馬科向曼涅勞訴說了那批狂妄的求婚子弟在他家胡鬧的事，並請求曼涅勞把奧德修的真實情況告訴他。

曼涅勞說：

"我曾經被困在一個叫做法洛的海島上，乾糧都快吃光了。海中老人的女兒很同情我。她告訴我，盡可以把她父親抓住，向他打聽回家的辦法。為了擺脫我，海中老人會變成獅子、豹子、長蛇、流水和樹木，不管他變成甚麼形狀，只要我死死抓住他，最後他就會讓步，把我要知道的事一古腦兒告訴我。

海中老人果然屈服了。他對我說，我必須到埃及的河水那兒去，向神獻上聖潔的祭品，才回得了家鄉。他還告訴我，小埃亞由於得罪了波塞頓，掉到海裡淹死了。我的哥哥阿加曼農雖然平安抵達故鄉，卻被埃吉斯陀殺死了。

海中老人還說，他在一個海島上看見了奧德修。他被女神卡呂蒲索扣留在那裡，既沒有船，也沒有夥伴，回不了家鄉，只能對着大海流淚。"

曼涅勞滿想留帖雷馬科住上十來天，但是帖雷馬科說，夥伴們還在蒲羅等他呢，他得馬上回

去。於是，曼涅勞就大擺宴席，為他送行。

帖雷馬科走後，那些求婚子弟照樣在奧德修的宮殿裡吃喝玩樂。他們根本沒把帖雷馬科放在眼裡，都以為他還在田莊上放羊呢。直到船主來問帖雷馬科甚麼時候回來，他們才知道他已經走了好幾天。那船是化裝成曼陀的雅典娜向船主借的。雅典娜並告訴他，帖雷馬科要乘船去蒲羅。

安提諾是求婚子弟當中的首領。他出了個壞主意：在阿斯代里設下埋伏，等帖雷馬科經過時，把他害死。阿斯代里是個小島，在伊大嘉和薩彌島之間，帖雷馬科回來的時候，必須經過那裡。

求婚子弟正在策劃陰謀的時候，有個叫彌東的使者在院子裡聽到了。他就把這事兒統統告訴了潘奈洛佩。

潘奈洛佩聽了，為兒子的命運深深擔憂，後來哭累了，就昏昏睡去。

女神雅典娜為了安慰她，讓她姐姐伊芙蒂爾的幻象出現在她的夢裡。伊芙蒂爾站在潘奈洛佩的床頭，對她說：

"潘奈洛佩，你不要難過，你的兒子會回來的。"

潘奈洛佩說：

"姐姐，你怎麼到這兒來啦？我真怕帖雷馬科會遭到暗算哩。他還是個小孩子，沒有經驗。我為他，比為我的丈夫還要着急。"

伊芙蒂爾的幻象回答說：

"你放心吧，天神會指引帖雷馬科該怎麼做。雅典娜對你很同情，是她派我來安慰你的。"

潘奈洛佩問道：

"那麼，請你告訴我，奧德修究竟是活着呢，還是已經死了？”

那個幻象說：

“這我可不能告訴你。”

她說完就從門縫裡溜出去了。潘奈洛佩從夢中驚醒過來。她知道天神在保佑自己的兒子，心裡感到踏實多了。

這當兒，二十個年輕力壯的求婚子弟已經在阿斯代里島的港口埋伏好了。他們摩拳擦掌，急巴巴地等着帖雷馬科從這裡經過，以便下毒手。

5. 卡呂蒲索的海島

宙斯正在天宮裡召集群神開會的時候，雅典娜對他說：

"奧德修孤零零地住在女神卡呂蒲索的海島上，回不了家。那些向他的妻子求婚的貴族子弟，打算把他的兒子暗殺掉。"

宙斯說：

"你不是已經安排好，讓奧德修回來，向他們報復嗎？至於帖雷馬科嘛，你可以幫助他安安全全回到家園，讓那些求婚子弟撲個空。"

接着，宙斯又對赫爾墨說：

"你去跑一趟，告訴卡呂蒲索，我們的意思是讓奧德修回自己的家。他將在海上經歷二十天的風險，然後到達斯赫里。住在那兒的淮阿喀亞人會用他們的船送他回故鄉的。"

赫爾墨來到卡呂蒲索所住的海島，看見女神正在山洞裡，用黃金做的梭子，在機前織布。卡呂蒲索用神仙吃的飯食和紅色美酒殷勤款待了他一番。酒足飯飽之後，赫爾墨說：

"宙斯聽說，你這裡有一位名叫奧德修的英雄。在打完仗回家的時候，他的夥伴們由於得罪了天神，全都死在海上。只有他一個人被風浪帶到這裡。宙斯命令你把他送走。因為他命裡注定是要回到故鄉的。"

女神卡呂蒲索又驚訝又激動地說：

"當初是宙斯自己用落雷把他的船劈成碎片的。他的夥伴們全都淹死了，只有他一個人被風浪帶到這個海島上。我救了他，供他吃穿，答應讓他長生不死。但既然是宙斯的意思，就叫他走好啦。”

赫爾墨説：

“那麼，你就趕快放他走吧，省得宙斯生你的氣。”

赫爾墨告辭後，卡呂蒲索立即到海灘上去找奧德修。他正坐在一塊岩石上，對着荒涼的大海掉眼淚。卡呂蒲索對他説：

“不要唉聲歎氣了。我現在自願放你走。你用木材做個大筏子，我要為你裝上乾糧和紅酒，為你準備好衣服，你就可以回故鄉了。”

但是女神警告他，在踏上故鄉的土地以前，他還要吃不少苦頭。

第二天，女神帶領奧德修到海島盡頭去砍樹。那裡密密匝匝地長着赤楊、白楊和柏樹。奧德修一共砍了二十棵，到了第四天，才做好一隻結實的木筏。

女神給他放上一皮囊美酒，一皮囊清水，一袋乾糧，以及各種山珍海味。

奧德修在海上航行了十七個白天和夜晚。到了第十八天，前面不遠的地方隱隱約約出現了淮阿喀亞的山影。它籠罩在乳白色的霧靄裡，活像是一個巨大的牛皮盾牌。

真不湊巧，這時候地震神波塞頓從埃塞俄比亞人那裡回來了。他遠遠地看到奧德修正渡過風平浪靜的大海，就喃喃地説：

“啊哈！看來趁着我出遠門，天神們給奧德修另外做了安排。他只要一到淮阿喀亞人那裡，就注定可以逃脫苦難啦。我才不能便宜了這個小子呢！”

波塞頓説罷，就馬上呼風喚雨。一股巨浪沖過來，把奧德修捲到海裡。他好不容易才又浮到水面，吐出了不少又苦又鹹的海水。

他泅水靠近了木筏，重新爬上去。在劇烈的風暴中，那木筏就像一片落葉，飄搖不定。

這時候，住在海底下的女神伊諾覺得奧德修怪可憐的，就變成一隻海鷗，飛到木筏上，對他說：

"你脫掉衣服，把我這條神紗繫在胸脯周圍，自己游泳，到淮阿喀亞人的土地上去吧。你命裡注定，只要到了那裡，就能擺脫一切災難。上岸以後，你再把這條紗扔到大海裡吧。"

女神說完話，把面紗遞給他，就消失了蹤影。奧德修手裡拿着面紗，猶豫地不敢下水。他生怕是甚麼天神

在故意捉弄他，好讓他放棄木筏。這當兒，波塞頓又掀起一陣巨浪，乾脆把木筏擊成碎片了。

奧德修跨在一根木頭上，甩掉衣服，把神紗繫在胸脯周圍，跳到海裡，游起泳來。波塞頓這才心滿意足地回到自己的神宮裡去。

奧德修在波濤洶湧的大海裡漂流了兩天兩夜，好幾次都以為沒救了。第三天，風停了，陸地也遙遙在望了。但是，岸邊佈滿銳利的礁石，水流得很急，淨是漩渦，根本沒法兒爬上陸地。要不是女神雅典娜一直守在他身邊，讓他保持清醒的頭腦，他早就被惡浪沖得撞在亂石上，粉身碎骨了。

最後，他總算找到一處涓涓的河水注入大海的地方，周圍沒有礁石。他向河神禱告道：

"可敬的河神啊，請可憐可憐我，讓我在你的河口上岸吧！"

河神果然使他面前的水平靜下來。他這才安安全全地上了岸。他解下面紗，將它擲入河裡。它順着河水流進大海，又回到伊諾手裡。

奧德修看見河水附近有一片叢林，就走了進去。那裡有兩個灌木叢，相互盤繞在一起，枝葉茂密得很。奧德修把落葉厚厚地堆在灌木叢下，躺了下來。他在身上也蓋滿落葉，隨後就進入了夢鄉。

6. 瑙西卡公主

奧德修入睡後，雅典娜就到淮阿喀亞人的都城去了。淮阿喀亞人原來住在休培里，離獨目巨人們不遠。獨目巨人們經常掠奪他們，國王瑙西陀就率領大家，遷移到斯赫里來。

瑙西陀的父親是地震神波塞頓，母親叫培里波雅。瑙西陀有兩個兒子，老大叫瑞占諾，老二叫阿吉諾。瑞占諾結婚後不久，就被射神阿波羅射死了，撇下個女兒叫阿瑞提。老二阿吉諾作了國王，娶了阿瑞提。他們有五個兒子，只有一個女兒，長得很漂亮，叫瑙西卡。

雅典娜搖身一變，變成一個跟瑙西卡很要好的年輕姑娘，站在瑙西卡的床頭對她說：

"瑙西卡，明兒早晨，你叫爹媽給你預備好騾子和車，帶着侍女到河邊去洗衣服吧。"

雅典娜說完，就消失了。

天剛蒙蒙亮，瑙西卡就醒了。她想起夜裡所做的夢，就去找父母。王后坐在灶旁，紡着紫色的線，女奴們在伺候她。國王正要去主持一次重要的會議，參加的都是淮阿喀亞的貴族們。

瑙西卡對國王說：

"爹，你能不能給我準備一輛騾車，我好到河邊去洗衣服。我的兩個哥哥已結了婚，三個弟弟可還沒成家哪。他們都願意穿上乾乾淨淨的衣服去參加舞會。"

國王就吩咐僕人替瑙西卡備好騾子和車。王后給她裝上一箱點心和菜肴，一皮囊美酒，以及一金瓶橄欖油，那是洗完澡後，用來塗在身上的。

瑙西卡帶着侍女們，乘車來到河邊。她們把衣服洗乾淨，曬在太陽底下。她們洗了澡，在河邊野餐後，一邊扔球玩，一邊等着衣服曬乾。

當她們收起衣服，準備回家的時候，雅典娜想出了個好主意，讓奧德修驚醒。公主把球扔給一個侍女，侍女沒接着，球就撲通一聲落到河裡，引起大家一陣驚呼。奧德修被吵醒了，就從灌木叢裡鑽出來。

當時奧德修渾身都是爛泥和海草，把侍女們都嚇跑了。但是由於雅典娜鼓起了瑙西卡的勇氣，她就獨個留了下來。

奧德修向她訴說了自己的經歷，央求她給他幾件衣服遮遮身子，指給他進城的路。

瑙西卡告訴奧德修，自己是阿吉諾的女兒。她把侍女們喊回來，吩咐她們給客人準備吃的和穿的。

奧德修躲到一個僻靜的角落裡，用清清的河水把身上洗乾淨，塗上橄欖油，穿上瑙西卡給他的襯衫和外衣。他本來就長得滿英俊，雅典娜又在他周身灑下一層光彩，就更顯得漂亮了。

瑙西卡等奧德修吃飽喝足之後，對他說：

"我可給你領一段路。快進城的時候，有一座祭祀雅典娜的白楊林。到了那裡，咱們再分手。我和侍女們乘車先回去。你估摸我們已經到了家，再進城到我爹的宮殿去。我媽靠着柱子，坐在灶邊，借着火光紡着紫色的線。我爹的寶座也在那兒，他在坐着喝酒哪。你要抱着我媽的膝蓋，懇切地央求她，你只要贏得了我媽的好感，我爹就會派人護送你回家鄉。"

瑙西卡故意讓騾子走慢一點，以便奧德修能跟上。他們走到白楊林那兒，就分手了。瑙西卡和侍女們繼續趕路，奧德修一個人留下來，向雅典娜禱告，央求她發發慈悲，讓淮阿喀亞人同情他，可憐他。

　　雅典娜答應了奧德修的祈求，卻沒敢露面。因為她怕得罪波塞頓。地震神對奧德修的怒氣還沒消哪。

7. 阿吉諾的宮殿

瑙西卡回到宮殿後，她的五個弟兄到門口來迎接她。他們從車上卸下騾子，把衣服收進去。瑙西卡不一會兒就回到自己的屋子去了。女僕尤呂美杜剎忙忙碌碌地替她生好了火，並為她開了晚飯。

奧德修估摸着瑙西卡和侍女們該到家了，也就動身。他快到城門口的時候，雅典娜搖身一變，變成一個少女，迎了過來。奧德修向她打聽阿吉諾住在哪兒。雅典娜說：

"我領你去吧。可是一路上你不要跟任何人打招呼，因為本地人不歡迎外鄉人。"

於是，雅典娜用一團神霧把奧德修籠罩起來，所以任何腓依基人都沒看見他進城。

雅典娜把奧德修領到宮殿門口，就消失了。

宮殿附近有座大果園，一年四季都有鮮果。蘋果哪，無花果哪，還有橄欖、梨、葡萄，纍纍的果實，把樹枝都壓彎了，一陣陣的清香，撲進鼻子。緊挨着最後一排葡萄架，是一座花園，一年到頭開着鮮花，既悅目，又芳香。

奧德修站在那裡欣賞了一會兒，才走進王宮。

阿吉諾的宮殿豪華極了。大門和門環都是黃金做的。兩邊各有一隻金銀鑄成的看門狗。那是赫費斯特精心鑄造的，永遠也不會老。

王宮裡還有好幾個黃金鑄成的娃娃，他們手裡高舉火把，將大廳照得像白天一樣明亮。當奧德修來到國王和王后跟前時，淮阿喀亞的貴族們正在舉杯給赫爾墨奠酒。

奧德修用手抱住王后阿瑞提的雙膝。這時候，籠罩着他的神霧消散了。大家突然看見一個陌生人出現在他們當中，都大吃一驚，誰也說不出話來。

奧德修哀求道：

"可敬的阿瑞提啊，我漂泊異鄉，吃了很多年的苦。我懇求你和你的丈夫，還有在座的老爺們，發發慈悲，送我早日回家鄉，和親人團聚。"

他說完，就一屁股坐在灶旁的灰堆上了。

淮阿喀亞人當中年紀最大的老英雄埃赫留頭一個打破沉寂說：

"阿吉諾王，怎麼能讓客人坐在灶灰當中呢？你快請他坐在鑲着銀子的椅子上，並且叫女僕替他擺上飯菜。"

於是國王阿吉諾親自把奧德修扶起來，請他坐在自己身旁的椅子上。侍女拎來一隻燦爛的金壺，把水倒在銀盆裡，請他洗手。她們還擺上麥餅和好菜、美酒，請他飽餐一頓。

國王對大家說，明天他還要召集更多的上了歲數的人來開會，在宮中設宴，向神祭獻，並商量怎樣送客人回家鄉。

於是那些貴族們給宙斯奠了酒，又暢飲了一通，然後就各自回家去了。

王后阿瑞提早就注意到了奧德修身上穿的襯衫和外衣，都是她和女奴們縫的，就問道：

"客人，你是打哪兒來的？這些衣服又是誰送給你的？"

奧德修回答說：

"我們在海上遇難，船碎了，夥伴們都淹死了，只有我一人漂泊到奧鳩吉島。女神卡呂蒲索把我收留下來，我在她的山洞裡住了七年。到了第八年，她忽然叫我乘木筏回家。但是快要到你們國家的岸邊的時候，地震神波塞頓召風喚雨，把木筏擊碎了。我受了千辛萬苦，才登了岸。我在灌木叢下睡了一夜，今天碰見了公主。她叫我在河裡洗了澡，又給了我這些友服。”

阿吉諾說：

“客人，我女兒太不懂事，她應該把你一道帶回家來呀。”

奧德修說：

“這件事不能怪公主，是我自己不肯跟她們一道來的。我怕這麼做太冒昧。”

阿吉諾說：

“我跟你很談得來。要是你願意留在這裡，我準分給你一份房屋產業。但是你一定想回家鄉，我們淮阿喀亞人也決不強迫你留下來。你放心，明天我就派一隻船送你回去。我們的船造得結結實實，還有一些很好的槳手。”

奧德修聽了，高興得向宙斯禱告道：

“天父啊，但願我能回到故鄉，希望阿吉諾的聲名永遠流傳下去。”

這時候夜已深了。阿瑞提吩咐侍女替奧德修在前殿鋪好了床，奧德修就躺下休息了。

8. 淮阿喀亞人的競技

第二天早晨，阿吉諾王帶着大家到淮阿喀亞人的會場上去。會場離港口不遠，有着一排排的大理石座位。奧德修也一道去了。

雅典娜搖身一變，變成阿吉諾的使者，到處跑來跑去，宣傳説：

"大家快來開會吧。來了一位外鄉人，不論才能還是相貌，都跟天神一樣出眾。"

人們蜂擁而來，把會場擠得滿滿的。雅典娜使得奧德修的神采飄逸，舉止灑脱，給在場的人留下良好的印象。

阿吉諾對大家説：

"漂流到我們國土上來的這位外鄉人，請求我們送他上路。我們要準備一條好船，並且挑選五十二個年輕槳手，送他走。請這些被選中的人們，把一切都安排妥當後，到我家赴宴。貴族們現在就可以來，還要請樂師諦摩多科來給大家唱唱歌。"

那一天，王宮裡坐滿了賓客。阿吉諾叫廚師宰了十二隻羊、八口肥豬和兩頭牛，辦了豐盛的酒席。雙目失明的樂師諦摩多科用美妙的歌喉唱起當年奧德修和阿戲留爭吵的故事。阿加曼農大王看見兩位阿凱英雄吵嘴，暗暗感到高興。因為阿波羅曾告訴他，打那以後，特洛伊人就將大禍臨頭了。

奧德修聽到盲樂師娓娓動聽地歌唱自己的事跡，不由得滾下淚來。他趕緊撩起紫袍的下襬遮住臉，免得淮阿喀亞人看見他在哭。每逢樂師停止歌唱，奧德修就拭乾淚水，舉起酒杯向天神獻祭。但是當樂師重新唱起來的時候，他又暗暗哭泣。在座的人都被歌曲吸引住了，只有阿吉諾王留意到這件事，他還聽到奧德修歎氣的聲音。於是他對大家說：

"現在咱們到外面去進行競技吧。客人回到家鄉後，可以告訴親友們，淮阿喀亞人在拳術、摔跤、跳高、賽跑這些方面，都是很出色的。"

大家來到競技場。觀眾有上千個人。國王三個兒子參加了，他們是勞達馬、哈利奧和克呂通留。克呂通留在賽跑上取得第一名。勞達馬是拳擊的優勝者。

勞達馬走到奧德修跟前，要求他也參加競技。奧德修說：

"我巴不得早點兒回家，哪裡有心情參加比賽呢！"

這時候，摔跤冠軍尤呂亞洛挖苦他說：

"看來你沒啥技藝，倒像是個滿腦子生意經的船老闆哩。"

奧德修聽了，睜圓了眼睛，怒喝道：

"你雖然外表還像個樣子，說話卻不知輕重，說明你很糊塗。你的話把我惹急了，我馬上就來和你們較量較量。"

奧德修說罷，跳了起來，拿起一個比淮阿喀亞人通常比賽用的重得多的大石餅，毫不費力地就擲了出去。石餅嗡嗡地劃破天空，從人們頭頂飛過去，大家嚇得都趴在地上。石餅越過所有的指標，轟的一聲落在最前邊。

這當兒，雅典娜搖身一變，變成一個淮阿喀亞人，在石餅降落的地點做了個記號，並且對奧德修說：

"客人，別人投的石餅都七零八落地落在相隔不遠的地方。你投的可比他們遠多了，就是瞎了眼，也摸得出來。」

奧德修看見有人替他說話，就快活地對大家說：

「無論是拳擊、摔跤、射箭，還是投擲長矛，我都不落人後。你們哪一位願意來跟我比個高低，我都不怕。我只是不能跟招待我的主人比賽，那樣做就太不近人情了。」

但是，沒有一個淮阿喀亞人敢應戰。阿吉諾就出來解圍。他說：

「客人，剛才那個人向你挑戰並且挖苦你，這樣就迫使你非顯示一下自己的本領不可。要是他知趣一些，本來是不該對你表示輕蔑的。下一個節目是舞蹈和歌唱。來人哪，替諦摩多科把我們家的豎琴取來。」

於是諦摩多科走到場子中央。一些年輕人在他周圍翩翩起舞。他們那輕盈的步子，精湛的舞技，使奧德修大為驚奇。

盲樂師自彈自唱。這次演唱的是阿芙洛狄蒂戀愛的故事，博得了大家的喝彩。阿吉諾接着又命令哈利奧和勞達馬表演雙人舞。他們邊舞邊把一隻紫色球傳來傳去。其他小伙子在場子周圍打拍子，煞是熱鬧。

不知不覺天色已經黑下來了。阿吉諾率領大家回到家裡。他和十二位貴族各給奧德修準備了一份厚禮，又請他洗了個熱水澡。他穿上漂亮的袍子，從浴池出來，走向大廳的時候，看到瑙西卡站在門柱旁邊。

她鄭重地對奧德修說：

「客人，希望你回到故鄉後不要忘掉我。要知道，你的命還是我救的呢。」

奧德修說：

「姑娘，我怎麼能忘記你對我的救命之恩呢！我要是能回到家鄉，就像是對天神那樣供奉你一輩子。"

在宴會上，奧德修切了一大塊最嫩的豬裡脊肉，叫使者遞給諦摩多科吃。酒足飯飽後，奧德修對諦摩多科說：

"現在請你演唱木馬的故事。"

於是盲樂師吟唱起來了。開頭是說，阿凱大軍放火燒掉自己的營帳，乘船離開了特洛伊。英雄奧德修率領一批人，藏在木馬肚子裡，特洛伊人把木馬拖進城樓。

當時有三種不同的主張。有人主張用銅矛刺進木馬的肚子。有人主張，乾脆把它從懸崖上推進大海去。有人主張把木馬完好地擺在那裡，天神看了，會高興的。結果，大家採納了第三種主張。

他又歌唱阿凱人怎樣在深夜從木馬肚子裡鑽出來，到處縱火，見人就殺。奧德修兇猛得賽過戰神。他和曼涅勞一道奔向德依佛伯的官邸，經過無比艱苦的戰鬥，終於在雅典娜的幫助下攻陷了伊利昂城。

盲樂師嗓音宏亮。他一下子斜着身子，擺出戰鬥的姿勢；一下子又橫眉立目，用面部表情形容阿凱子弟的英雄氣概。

盲樂師的精彩表演勾起了奧德修對往事的回憶。他心裡一酸，不禁痛哭流涕，連聲歎氣。別人都專心致志地聽着歌曲，只有緊挨着奧德修坐着的阿吉諾注意到了他情緒的變化。阿吉諾就大聲說：

"現在請諦摩多科不要再演唱下去了。因為他的歌曲使客人很傷心。可是我也要問問客人，為甚麼你一聽到阿凱人在伊利昂的遭遇，心情就沉重起來？那次戰役使許多人喪了命。莫非是你有甚麼親人或知心朋友，在伊利昂城陣亡了？"

趣味重溫（1）

一、你明白嗎？

1. 如果讓你為詩人荷馬畫一張像，你認為下列人物形象與荷馬最相近的是（　　）。
   - a. 逗樂的小丑
   - b. 舞姿美妙的舞者
   - c. 失明樂師
   - d. 拳術、摔跤、跳高、賽跑健將

2. 下列哪些事情發生在奧德修離開家以後？（　　）
   - a. 兒子繼承王位
   - b. 妻子改嫁
   - c. 財產被揮霍掉
   - d. 家人被欺凌
   - e. 王位被奪
   - f. 奧德修被困於小島

3. "Penelope's Web（潘奈洛佩的織物）"是西方有名的典故，它的寓意是（　　）。
   - a. 結婚禮物
   - b. 工藝精湛的產品
   - c. 貴重的物品
   - d. 故意拖延的策略

二、想深一層

1. 奧德修回家與兒子外出尋父的過程曲折複雜，更遇到形形色色的人、神，或助一臂之力，或百般阻撓。請根據故事，將下列對奧德修父子產生影響的人物填入代表幫助／阻撓的箭頭中。
   - a. 淮阿喀亞國王
   - b. 地震神
   - c. 宙斯
   - d. 海底女神
   - e. 老保姆
   - f. 求婚的貴族子弟
   - g. 奧德修戰友
   - h. 智慧女神

2. 荷馬採用雙線講故事的手法，引出奧德修回家和兒子外出尋父兩條情節線。請閱讀下列故事片斷，按時間發展先後將相關情節填入適當位置。

   a. 拜見國王，奧德修受到熱情招待

   b. 帖雷馬科召開全民大會，然後離家遠航

   c. 眾天神商議允許奧德修返回家園

   d. 求婚子弟設計謀害帖雷馬科

   e. 奧德修隻身被困海島七年

   f. 奧德修老友派子協助帖雷馬科

   g. 曼涅勞講述木馬屠城的事跡

   h. 智慧女神指點迷津，帖雷馬科決定尋父

   i. 卡呂蒲索放奧德修回家

   j. 年輕公主拯救落難的奧德修

   （1）奧德修回家的情節發展

   （2）兒子外出尋父的情節發展

3. 閱讀〈瑙西卡公主〉至〈淮阿喀亞人的競技〉二節中奧德修的對話，注意語氣和語調，完成下列連線配對。

<u>對話</u>		心理特點

（1）"無論是拳擊、摔跤、射箭，還是投擲長
　　矛，我都不落人後。你們哪一位願意來跟　●
　　我比個高低，我都不怕。"　　　　　　　　　　●　　自信

（2）"你雖然外表還像個樣子，説話卻不知輕
　　重，説明你很糊塗。你把我惹急了，我馬　●
　　上就來和你們較量較量。"　　　　　　　　　　●　由衷感激

（3）"姑娘，我怎麼能忘記你的救命之恩呢？
　　我要是能回到家鄉，就像是對天神那樣供　●
　　奉你一輩子。"　　　　　　　　　　　　　　　●　思鄉心切

（4）"可敬的阿瑞提啊，我漂泊異鄉，吃了很
　　多年的苦。我懇求你和你的丈夫，還有在　●
　　座的老爺發發慈悲，送我早日回家鄉，和　　　　●　做事謹慎
　　親人團聚。"

（5）"這件事不能怪公主，是我自己不肯跟他
　　們一道來的。我怕這麼做太冒昧。"　　　　　●
　　　　　　　　　　　　　　　　　　　　　　　●　被激怒

三、延伸思考

1. 著名小説《尤利西斯》（尤利西斯是奧德修的拉丁名字）的作者喬伊
　斯評價奧德修是 "the first gentleman in Europe"（歐洲第一位紳
　士），你如何理解這一評價？奧德修身上有哪些 "紳士" 特質？它們
　與中國人眼中的好人的標準是否一樣？

2. 假設你是奧德修的兒子，剛巧有神能夠為你送信，你會跟你的爸爸講
　甚麼？

9. 獨眼巨人波呂菲謨

奧德修回答道：

"阿吉諾王，現在我們高高興興地聚集一堂。桌上擺滿了香噴噴的麥餅、烤肉和好菜，有侍者給我們倒美酒，又有這樣一位傑出的樂師，替我們演唱美妙的歌曲。天下還有比這更大的享受嗎？

可是你偏偏問我，為甚麼要傷心流淚。多年來，我飽經憂患，不知道該從哪裡談起。

我先告訴你我的名字吧。我要是能順利地回到家鄉，也許將來有一天我還能接待你們呢。我叫奧德修，住在伊大嘉島。那是個小小的海島，淨是荒山，土地貧瘠。但是艱苦的環境能鍛煉人。在我看來，天下再也沒有這麼可愛的地方了。

我們離開特洛伊後不久，海面上就起了大風浪，把我率領的船隊沖到伊斯馬洛，那裡住着吉康人，我們攻下他們的城池，獲得了許多戰利品。我勸大家趕快逃走，我的部下卻被勝利沖昏了頭腦。他們殺牛宰羊，大吃大喝。這時候，吉康人找來了援兵，打垮了我們。

我們的人戰死了不少。倖存下來的逃回船上，冒着大風大浪朝着南邊急駛了兩天兩夜。第三天，晴空萬里，只消再颳一陣南風，就能順利抵達伊大嘉了。

誰知天公不作美，起的卻是北風，一個勁兒地把我們往回吹。到了第十天，船隊被吹到景色幽美的岸邊。我派幾個人上岸去找水。當地居民就端出無憂果來招待他們。他們剛一吃這種美味無比的果實，就忘記了自己的家鄉和同胞，一心想留在那裡。我派人硬把他們抓回來，捆起他們的手腳，丟在甲板底下。我急忙下令離開那片害人的海岸，省得其他人也落到跟他們同樣的下場。

我們乘風破浪，航行了整整一宵。天剛蒙蒙亮，就駛抵獨眼巨人居住的地方。獨眼巨人只有一隻銅鈴般的大眼睛，長在前額正當中。他們靠遊牧過日子。雖然這裡地勢很好，適宜修建港口，本地人卻沒有船。他們從來不想到其他地區去遊覽，或開展貿易。

這裡土地肥沃，風調雨順。小麥、大麥和葡萄，到時候就自自然然長出來。獨眼巨人雖然不耕種，不施肥，卻年年穫得豐收。

但他們既不會烤麥餅，也不會釀酒。每一家人都各自住在一個岩洞裡，各幹各的。他們沒有法律，沒有政府，也沒有國家。

我挑選了十二個部下，領着他們上岸去調查本地人的情況。我們抬着山羊皮做的一隻大酒囊，裡面盛滿了紅葡萄酒。

走啊，走啊。忽然，一個巨大的岩洞攔住了去路。岩洞的支柱是用整個松樹和橡樹的大樹幹做的，連樹皮都沒剝下來，樹枝也依然紮煞着。説明岩洞的主人力氣雖大，卻沒有掌握木工技術。

我們在岩洞裡東瞧西望。只見廚房裡堆滿了新鮮羊肉，奶棚裡是大桶大桶雪白的羊奶。羊圈卻是空蕩蕩的。大概洞主人把羊群趕到外面吃草去了。

忽然聽到轟隆一聲，耳朵差點兒震聾了。原來洞主人趕着羊群回來了。他拾回一大捆做飯用的柴禾，我們聽到的就是他把柴禾丟在洞口的聲音。

我們十三個人急忙躲到岩洞盡裡邊。洞主人叫波呂菲謨。他是獨眼巨人當中性情最兇惡的一個，塊頭大得簡直像是一座山。

波呂菲謨把奶羊統統趕到洞裡，公羊則留在外面。接着，他搬起一塊巨大的石頭，堵住洞口，並動手給母羊擠奶。擠完奶，他開始生火。藉着明亮的火光，他看見了我的幾個部下。

'喂！你們是甚麼人？是來做生意的，還是來打槍的？'

我的部下們嚇得縮作一團，渾身像篩糠一樣瑟瑟發抖。

我壯起膽子回答說：

'我們既不是商人，也不是強盜。我們是阿凱人，在阿加曼農大王的指揮下攻陷了伊利昂城。回家鄉的路上，迷失了方向，漂到這裡來了。希望你能款待我們。假若你欺負了我們，宙斯會替我們報仇的。'

波呂菲謨說：

'呸！我們比宙斯和其他天神都強大。哪怕你們這些人都和宙斯站在一邊，我們也不怕。我們敢向宙斯本人宣戰。'

波呂菲謨問我們有沒有同伴，我們的船停在甚麼地方。我就機警地回答說，我們的船被兇猛的海浪擊碎，只有我們十三個人好歹活了下來，漂泊到岸上。

獨眼巨人順手抓起我的兩個部下，張開血盆大口，把他們活活地吃掉了。原來獨眼巨人就愛吃人。在他們看來，人肉比羊肉鮮嫩得多。不過，很少有人漂到這一帶的海岸上，所以他們難得有機會吃到人。

獨眼巨人吃罷，喝了一大口羊奶。然後倒在羊群當中就呼呼大睡。我拔出寶劍，打算把這怪物殺死。但我轉念一想，怪物一完蛋，堵在洞口的大石頭誰也搬不開，豈不是都得悶死在洞裡了嗎？所以我就沒敢隨便下手。

好容易盼到天亮，波呂菲謨又抓了兩個俘虜當早飯，接着就擠羊奶。然後，他推開大石頭，把羊群放出去。他用石頭將洞口嚴嚴實實堵死，這才趕着羊群，上山放牧去了。

我從柴禾堆裡撿出一根桅標那麼粗的大木椿，把一頭削尖了。又選出四個身強力壯的部下，訓練他們怎樣使用。

黃昏時分，波呂菲謨趕着羊群回來了。今天他改變了往日的習慣，把公羊也和母羊一道關進洞裡的羊欄，然後又吃了我的兩個部下當晚餐。

我倒了滿滿一大碗葡萄美酒，殷勤地勸波呂菲謨喝了去。我說：

'如果你認為這酒味道很好，就請放我們活着回去。'

波呂菲謨仰起水牛般又粗又壯的脖子，將酒一飲而盡，連連說好喝。我一碗接一碗地給他斟，那隻大酒囊裡的酒，喝得一滴也不剩了。

他醉醺醺地問道：

'你叫甚麼名字？'

我說：

'我叫無人。我的親戚朋友都這麼稱呼我。'

獨眼巨人說：

'那麼，無人。我答應給你這麼個好處。我把別人都吃完了，再吃你。'

話音沒落，這個怪物已經醉倒在地，呼呼大睡起來。

我吩咐大家將大椿的尖端放在火上燒紅。我幫助那六個部下，把燒得通紅的尖椿刺進食人怪物的那隻大眼睛裡。我們拚死拚活地把尖椿往裡推，所以扎得很深，眼睛裡滋滋響，冒出一股煙。

　　波呂菲謨痛得狼嚎鬼叫，從眼睛裡拔出那根尖椿，嗖地扔在地下。我們早已逃散到安全的角落裡了。四鄰

的獨眼巨人們聽見波呂菲謨瘋狂的吼聲，爭先恐後地擁了來，問他出了甚麼事。

波呂菲謨回答説：

'無人傷害我，無人在我的洞裡。'

那些獨眼巨人説：

'既然無人傷害你，無人在你的洞裡，那麼你遭到的是天災嘍，我們幫不上你的忙。'

他們以為他害病了，就一個個回到自己的洞裡去了。

瞎了眼睛的波呂菲謨痛得直哼哼。他摸着黑走到洞口，搬開大石頭，堵着門口坐下來。這時候，天已蒙蒙亮，羊群開始往外走，到牧場上去吃草。波呂菲謨不斷地用手摸來摸去。當他的俘虜隨着羊群往外逃的時候，他好一把抓住。

我早就想好了主意。我用波呂菲謨當褥子用的柳條編成繩子，將活剩下來的六個部下各綁在一隻山羊的肚子下面。兩邊又各綁上一隻山羊。我留在最後面，雙手緊緊抱住一隻最肥的山羊，用牠的長毛遮住自己。

山羊走出洞口的時候，波呂菲謨一隻隻地摸。他再也沒想到自己的仇人竟藏在山羊的肚子底下。輪到我走過去的時候，波呂菲謨的手一度摸到我的頭髮。他還以為那是羊毛呢。

到了岸邊，我就撒開手跳下來，又給同伴們鬆了綁。我們把這些幫助我們脱離險境的山羊也帶上了船。船起碇，離開海岸後，我就朝着波呂菲謨喊道：

'獨眼巨人，你不該隨便把你的客人吃掉。宙斯借我的手懲罰了你！'

波呂菲謨原來是地震神波塞頓的兒子。他舉起自己堵洞口的那塊巨石，摸摸索索地朝着聲音傳來的方向跑了一段路，把石頭朝我們擲過來。它噗通一聲掉進海裡，差點兒打中我們乘的那隻船，濺起幾丈高的水花，瀑布般傾瀉在我們身上。

我接着又大聲叫道：

'喂，獨眼巨人！要是有人問你，是誰把你的眼睛弄瞎的，你就告訴他：伊大嘉國王奧德修替那些無辜的受害者報了仇！'

於是，波呂菲謨向着天空伸出兩手，對波塞頓禱告道：

'波塞頓啊，請你聽我的祈求，不要讓奧德修平平安安回到家裡。即使命中注定他是可以回家鄉，和親人團聚的，至少也讓他先吃夠了苦頭，失去所有的夥伴，乘別人的船回去。到了家以後，讓他再一次遇上災難。'

波塞頓接受了他的請求。這是我後來才知道的。

當時，我和我的部下揚帆向前駛去。我們一方面哀悼那些犧牲了的夥伴，一方面慶幸自己死裡逃生。"

10. 刻爾吉的妖宮

奧德修接着説下去：

"我和我的部下來到風神埃奧洛所統治的海島，受到島主的款待。還見到了風神的十二個兒子，每個兒子管一種風。我們在那裡住了一個月，每頓有酒有肉。臨走的時侯，風神送給我一個牛皮袋，裡面裝着'所有的風'，只把西風留在外面，好讓它送我們平平安安返回家鄉。

一連九天，我緊張地掌着舵。到了第十天，伊大嘉岸上的燈火已經遙遙在望了。我心裡一塊石頭落了地，睏倦得厲害，就昏昏睡去。

我的部下以為那個牛皮袋裡裝的準是金銀財寶，就趁我睡覺的工夫打開來看。這下子，'所有的風'嗚嗚叫着飛出來，不一會兒就把我們這隻船吹回到埃奧洛的島上。

我感到沒臉去見風神埃奧洛。不論大家怎樣死説活説，我也不肯再去向島主求助。但是後來實在沒辦法了，我才帶着一個使者和一個夥伴，來到埃奧洛的大廳，在門口下跪。埃奧洛正坐在寶座上，和兒子們一道吃喝哪。

埃奧洛看到我這副樣子，就板着臉問道：

'奧德修，你怎麼這麼快就回來了？你究竟是在家鄉呆膩了呢，還是對我的禮物不滿意？'

我只好把我睡覺的時侯，我的部下闖下的禍，如實地講給島主聽。

風神聽罷，大發雷霆，把我趕了出去，還説：

'再也不許你靠近埃奧里島。你得罪了眾神，不配我護送。'

我的船隊又出發了。上次離開這個港口的時候，'所有的風'都裝在牛皮袋裡，西風吹着我們的帆，送我們回家鄉。這一次，我們只好聽憑風暴擺佈，不知道甚麼時候才能見到伊大嘉的岸邊。

船隊在大海上漂流了六天六夜。第七天，我們來到拉摩。這是小亞細亞南部的一個海港，在喀利喀亞沿岸。港口很寬闊，但是我為了慎重起見，把自己所乘的船泊在港外。其他的船不聽我的勸告，都駛到港內去了。他們說，把船停泊在港內，便於躲避風暴。

我派兩名使者進城去打聽住在這裡的是甚麼居民。使者遇見了一個身材高大得出奇的姑娘。姑娘把他們領到宮殿裡去。

原來這裡住着吃人的萊斯特呂恭人，姑娘的父親就是國王安提法諦。國王抓起一個使者就活生生地吃掉，並大聲招呼他的臣子。他們應聲跑來，一個個搬起巨石，向停泊在港口內的船擲去，把那些船統統擊沉了。船上的人，要麼葬身大海，要麼被那些吃人的巨人用魚叉戳住，做成了宴會上的菜。

　　我這隻船是唯一逃出虎口的。我和船員沒有力量救夥伴們，只好噙着淚水，揚帆離開了海岸。

　　我們這隻孤零零的船繼續航行，來到埃亞依島上。太陽神的女兒刻爾吉就住在那裡。

　　我爬到岩石上，往遠處眺望，看到四面都是汪洋大海。島是平坦的，叢林深處，升起縷縷炊煙。

　　於是，我回到船上，把部下分成兩隊。我和我表弟尤呂洛科，一個人率領一個隊。我們拈了一次鬮，看看該由哪一隊人去調查這片土地的情況。結果抽出的是尤呂洛科的名字，他就帶着手下的二十二個人上岸去了。

　　尤呂洛科他們進了叢林，看到一座用發亮的石頭築成的宮殿。原來那就是刻爾吉的妖宮，周圍蹲着許多狼和獅子。牠們都是刻爾吉用魔術馴服了的。

　　他們聽見女神刻爾吉正在屋裡，邊唱歌，邊坐在織布機跟前，用五顏六色的線織一匹美麗的布，做工精細極了。

　　刻爾吉的嗓音圓潤，唱得那麼動聽，他們不禁被迷惑住了，就唧唧唧地大聲敲門。

　　刻爾吉馬上打開大門，甜言蜜語地表示歡迎。他們全都糊裡糊塗地跟了進去，只有尤呂洛科怕上當，留在門外。刻爾吉請他們坐在舒適的大廳裡，用放了迷藥的奶酪、餅乾、蜂蜜和美酒來款待他們。這些酒飯入肚後，他們就忘記了故鄉。刻爾吉用魔杖在他們身上一敲，他們就變成了豬：渾身長滿豬毛，用豬嘴拱着地，連叫的聲音也和豬沒有兩樣。

只是他們還保留着人的思想感情，能夠知道自己變成了畜生，所以心裡格外難過。刻爾吉把他們趕進豬圈裡。那裡關着成堆的豬，都是中了她的魔術變成的。

尤呂洛科呆在門外等夥伴們。左等也不出來，右等也不出來，他只好垂頭喪氣地一個人回到船上，並告訴我其他的人統統失蹤了。

我把自己那柄青銅巨劍掛在身上，還帶上弓箭，要求尤呂洛科沿着原路領我到那座妖宮去。尤呂洛科哭哭啼啼地勸我不要去，説還不如趕快逃命。於是我就一個人去了。

這時信使之神赫爾墨搖身一變，變成了一個小伙子，擋住了我的去路。他握住我的手説：

‘你在這裡人生地不熟，一個人要到哪兒去？刻爾吉已經把你的夥伴變成了豬，你要是去的話，只能跟他們落同樣的下場。我給你一株珍貴的藥草，叫作摩呂草。只要有了它，刻爾吉的迷藥就害不了你。當她用她的魔杖朝你打過來的時候，你就拔出劍，假裝要殺她。你還得強迫她賭個大咒，保證她不再起任何傷害你的念頭。’

赫爾墨説罷，就從地上拔起一棵藥草，交給我，隨後回奧侖波山上去了。我仔細看了看，草根是黑的，開着乳白色的花。

我站在妖宮門口，大聲叫刻爾吉。女神聽見我的聲音，就開門請我進去。她讓我坐在一把鑲着銀子的精美的椅子上，把酒斟在金杯裡，請我喝。酒裡雖然摻了迷藥，由於我身上帶着摩呂草，喝下去一點事兒也沒有。

這時，刻爾吉用魔杖打了我一下，還說：

'到豬圈去，跟你的夥伴躺在一起吧。'

我不但沒有變成豬，反而拔出利劍，勇敢地朝刻爾吉刺去。女神大叫一聲，抱住我的膝蓋，哭着乞求我說：

'快把你的劍放回鞘裡。你是誰？打哪兒來的？過去任何人喝了這藥酒，沒有不被它迷惑的。你喝下去，卻沒有變成畜生。看來你一定就是大智大勇的奧德修了。赫爾墨曾好幾次告訴我，說奧德修要乘黑色的船到這兒來。你在我家住下吧，我要好好地款待你。'

我回答她說：

'你必須先賭一個大咒，保證不再搞甚麼陰謀詭計來害我，我才肯留在你這裡。'

刻爾吉馬上照我的要求賭了咒。然後，她就叫四個侍女來伺候我。第一個在椅子上鋪好柔軟的紫色毛毯。第二個端來一張鑲銀的小飯桌，放在椅子前面。第三個把美酒倒在金杯裡，擺在桌上。第四個用熱水給我擦身，讓我穿上繡花襯衫和華麗的袍子，並請我入座。

侍女們在我面前擺滿了香噴噴的菜和肉，我卻悶悶不樂地坐在那兒，一口也不肯吃。

刻爾吉問道：

'奧德修，你怎麼啦？難道你還怕我會暗算你嗎？你放心吧，我已經賭過大咒啦。'

我說：

'我的同伴還在豬圈裡受罪哪。我怎麼吃得下去呢？你要是誠心誠意想招待我，就請你釋放他們。'

我的話剛說完，刻爾吉就打開豬圈的門，把豬群趕到我跟前。牠們圍着我，嗚嗚叫着。刻爾吉在牠們身上塗抹一種藥膏，於是豬毛脫落了，牠們一個個重新恢復了人的形狀。夥伴們抓住我的手，激動地大哭起來，聲音響徹了整座妖宮，連女神都受到感染。

女神對我說：

'你到海邊去，把船拖到岸上繫好。東西嘛，都放在岩洞裡。然後你就帶着你的忠實夥伴們，回到這裡來吧。'

我高高興興地照着她的話辦了。留在船上的夥伴們看見我活着回夾了，都歡騰得好像已經返回了故鄉似的。

他們對我說：

'請你告訴我們，那些夥伴是怎麼死的。'

我向他們說明了經過。他們都準備跟着我去。尤呂洛科卻阻攔他們道：

'你們為甚麼要自找苦吃？那個獨眼巨人就是個例子。當初還不就是這個膽大包天的奧德修把夥伴們帶到他的洞裡去的。結果，好幾個都送了命。'

我聽了這話，很生氣，恨不得砍他一刀。夥伴們卻好言相勸道：

'請你饒了他吧，就讓他留在這裡看船好了。我們跟你到刻爾吉的妖宮去。'

尤呂洛科怕捱我的罵，只好也跟去了。

打那以後，我們就在刻爾吉的妖宮裡享福，不知不覺過了一年。

一天，我的夥伴提醒我道：

'奧德修，咱們該考慮回老家啦。'

這話說到我心坎兒上啦。因為我也正在思念自己的妻子潘奈洛佩和兒子帖雷馬科哪。晚上，我趁刻爾吉情緒愉快的當兒對她說：

‘刻爾吉，我現在想回伊大嘉去了。我的部下也都想家啦。當你不在旁邊的時候，他們就圍着我痛哭，弄得我心情煩亂。’

刻爾吉回答道：

‘我並不想勉強留你。可是，你得先乘船到陰間去旅行一趟，去找那位雙目失明的預言家泰瑞西阿的鬼魂。他雖然死了，卻跟活着的時候一樣能思索問題。只有他能告訴你，你是否能回到故鄉，和你的妻兒團聚。其他鬼魂不過是一些飄浮的影子而已。’

我大吃一驚，問道：

‘可是，誰能領我去呢？從來還沒有人乘船到過陰間哩。’

刻爾吉回答說：

‘你只要豎好桅杆，揮起白帆，北風就會把船送到那裡。’

刻爾吉還告訴我，到了陰間該注意哪些事情。

我的部下當中，最年輕的一個叫埃爾屏諾。他喝醉了，沒有和其他夥伴們一道睡在刻爾吉的妖宮裡，卻爬到屋頂上去乘涼，就在那裡睡着了。

他聽見夥伴們喊他，就一骨碌爬起來，卻忘記要下梯子，倒栽葱摔下來，跌斷了脖子，當即嚥了氣。

我對部下說：

‘刻爾吉還要讓咱們到陰間去找塞拜城的泰瑞西阿的鬼魂去哪。’

他們聽了，一個個嚇得連魂兒都沒了。大家痛哭流涕地來到船邊，只見刻爾吉早就到了。她把一頭公羊和一頭黑母羊綁在那兒。天神有隱身術，她要是不願意讓我們看到她，我們用肉眼是壓根兒看不到她的。”

11. 鬼魂的故事

奧德修喝了口酒，潤潤嗓子，繼續說下去：

"我們把羊趕到船上，辭別了刻爾吉，揚帆而去。她送給我們一陣順風，天色黑下來後，就來到瀛海，渡過人世和陰曹之間的河流。我們把船停下，挖了個大坑，用摻了蜜的奶、甜酒、清水和大麥，祭一切鬼魂。

然後在坑裡殺了那兩隻羊，烏黑的血流出來後，鬼魂們就開始從陰曹降臨了。

最先來的是埃爾屏諾。他哭哭啼啼地囑咐我們，離開埃亞依島以前，千萬不要忘記把他的屍體焚化了，並替他舉行葬禮，修一座墳。

第二個來的是我母親安提克麗雅的鬼魂。我離開伊大嘉的時候，她還活得好好的呢。現在見到了她的鬼魂，我才知道她已去世，不免哭泣了一番。但她坐在羊血旁邊，好像根本不認得我。

塞拜城的泰瑞西阿的鬼魂是第三個來的。他一眼就認出了我，並問道：

'你為甚麼要離開燦爛的太陽，到這個悲慘的地方來拜訪鬼魂？'

他喝了點烏黑的羊血，對我說：

'你把波塞頓的兒子的眼睛給弄瞎了，所以他還要繼續折磨你們。當你們的船到達塞利那吉島的時候，千萬不要殺害在那兒吃草的太陽神的牛羊。不然的話，你的夥伴就統統會死掉，你要拖延好久才回得了家。

你到了家，把那些狂妄的求婚子弟殺掉後，就得帶上一根船槳，到外地去遊歷。你將找到一個部族，他們既沒見過大海，也沒見過船和槳，吃東西也不放鹽。當你碰見一個行人，把你肩上扛的槳當成簸箕的時候，你就把這槳插在地上。然後獻給波塞頓一隻公羊、一頭公牛和一口公豬。這樣你就可以回家了，你的老年會過得很愉快。'

於是我問他，怎樣才能使我母親的鬼魂認出我來。他說，只要讓她喝點羊血就行了。

泰瑞西阿說完就回到陰曹去了。我母親的鬼魂喝了羊血，馬上就認出了我。她告訴我，我的妻子非常堅貞。我父親一直住在莊園裡，穿得破破爛爛。冬天睡在灶灰上，夏秋用落葉當鋪蓋，悲哀地盼着我回家。她本人就是由於想念我，傷心過度而死的。

我三次朝她跑過去，想要擁抱她。她三次都像幻夢一樣從我手裡溜走了。她要我牢牢記住這一切，以後好告訴我的妻子。接着，她就消失了蹤影。

我還見到許多王侯的妻子的鬼魂，她們一個個地走過來，向我訴說自己的身世。"

奧德修講到這裡，說天不早了，該睡覺啦。但是大家正聽得津津有味，就央求他繼續講下去。阿吉諾王說，哪怕講到天亮也可以。

奧德修說：

"那麼，我就講講我那些死去的夥伴的結局吧。

那些婦女的鬼魂消失後，阿加曼農的鬼魂出現了。他喝了羊血，認出我來，就痛哭一場。他憤憤地告訴我，殺他的兇手是埃吉斯陀和他那狠毒的妻子。他向我打聽他那兒子的下落，但是我甚麼也不知道。

阿戲留、帕特洛克勒、安提諾科和大埃亞的鬼魂也陸陸續續地來了。阿戲留的鬼魂認出是我，就激動地問道：

　　'你好大膽，怎麼跑到陰間來了？'

　　我回答說，我是來找泰瑞西阿的鬼魂的，問問他，我該怎樣回到伊大嘉。我一直到處流浪，還沒能回到家鄉呢。阿戲留的鬼魂又問我，知不知道他的父親辟留和兒子尼奧普托勒謨的消息。

　　我告訴他，關於辟留，我甚麼也沒聽說。我卻親自把他的兒子接到戰場上來。我又說：'關於攻打特洛伊，你兒子常常能提出很好的戰術，僅次於奈斯陀和我本人。打仗的時候，他總是帶頭衝鋒陷陣，殺了不少特洛伊人。

　　後來我們選拔一支精銳部隊，藏在木馬肚子裡。我是帶隊的。在危急關頭，其他一些將領和軍師不禁膽顫心驚。你兒子年紀最輕，卻從從容容，面不改色，還一再要求早點從木馬肚子裡出去作戰。

　　伊利昂城陷落後，你兒子帶着自己那份戰利品上了船。他奮勇殺敵，由於榮立戰功，獲得了獎賞，可是竟然沒有受過傷。'

　　阿戲留的鬼魂聽說他兒子這麼有出息，非常高興，就大步流星地走掉了。其他鬼魂還在那兒哽咽着，一個個都想打聽自己所關心的事。

　　只有大埃亞的鬼魂站在一旁，不理睬我。我知道他為了阿戲留的盔甲的事，到現在還跟我慪氣哪。

　　我用友善的口吻對他說：

　　'難道你死後還沒消氣嗎？這都是那副可恨的盔甲惹的禍。那件事不能怪別人，毀滅你的是宙斯呀。'

　　但是他沒有回答我，就和其他鬼魂一道回陰間去了。我真不該跟他爭那副鎧甲，但是後悔也來不及啦。

我還遇見了好幾個古代英雄的鬼魂。過了一會兒，成千上萬的鬼魂擁來了，我嚇得趕緊回到船邊，催夥伴們上船。我們沿着河流，航行到瀛海。起初搖了搖槳，後來起了一陣順風，把我們送到汪洋大海上。"

12. 斯鳩利和卡呂布狄

奧德修四下打量了一下，看見大家聽得出神。他就開始講最後一段故事：

"我們摸着黑，到達了埃亞依島。大家把船拖到沙灘上，倒頭就呼呼大睡。

東方的天空泛白後，我派夥伴到刻爾吉家去，把埃爾屏諾的屍體抬了來。我們將屍體火化後，堆起一座墳墓，將他的長槳插在墳頭上，還豎了一塊石碑。

後來刻爾吉打扮得漂漂亮亮地來了。她帶着幾個侍女，有的捧着麥餅或紅酒，有的端着菜和烤肉，招待大家大吃大喝。

我們足足歇了一整天。到了晚上，刻爾吉把我拉到一邊，詳細向我打聽陰間的見聞。然後她說：

'天一亮，你們就該動身啦。現在你要好好記住我的話，免得半路上又遇到災難。

你們會經過賽侖島，那裡有兩個怪物。它們用動聽的歌兒迷惑人，誰要聽見了賽侖島的歌聲，就再也回不了家啦。島上堆滿了被它們弄死的死人的骨頭。

你必須用蜜蠟捏成小丸子，塞在夥伴們的耳朵裡，千萬不要讓他們聽到歌聲。你要是想聽的話，就叫他們預先把你結結實實地捆在桅杆上。如果你要求他們替你鬆綁，他們就該把你捆得更牢一些，只有這樣，你才能逃出羅網。

底下還有斯鳩利和卡呂布狄在等候着你們。你們要從兩座致人死命的峭岩當中駛過。一邊的峭岩高得插到雲彩裡去了。岩壁上有個洞穴，斯鳩利就藏在裡面。它是個兇狠的怪物，有六個醜惡的頭。每一艘船從洞前經過的時候，斯鳩利的每個頭就從船上抓走一個人。

另一邊的峭岩矮得多，上邊長着一株枝葉茂盛的大棗樹。卡呂布狄就藏在樹腳下。這個可怕的怪物，每天把海水吸進去三次，又吐出三次。你們要是不小心，在它吸水的時候經過那裡，就沒救啦。

所以你們還是把船靠近斯鳩利那邊，趕快渡過難關吧。因為犧牲六個夥伴，總比一起都遭殃要強一些。'

於是我問她：

'我能不能一方面躲避卡呂布狄，一方面抵抗斯鳩利，不讓它抓走夥伴們呢？'

女神說：

'那個怪物是誰也制服不了的，你們還是盡快離開那兒吧。要是耽誤了，它就會第二次襲擊你們，又要抓走六個人。你可以向女神克拉泰依呼籲，央求她不要讓斯鳩利第二次躥出來。她是斯鳩利的母親，斯鳩利得聽她的。

然後你們就到了塞利那吉島。那裡放牧着七群神牛，七群神羊。每群有五十頭，都是屬於太陽神的。太陽神的兩個女兒——女神菲都沙和蘭倍提在看管牠們。你們要是不傷害那些牛羊，就能回到伊大嘉。但假若傷害了牠們，你的夥伴就統統會死掉。即使你一個人運氣好，撿得一條命，也要漂流好久，才能回到家鄉。'

天剛蒙蒙亮，刻爾吉就回家去了。我喊醒了夥伴們，我們就照女神指示的方向航行。

我把蜜蠟切成一小塊一小塊的，捏成一個個小丸子，塞在夥伴們的耳朵裡。我又叫他們把我牢牢地綁在桅杆上，並告訴他們，不論我怎麼要求，也絕不能鬆綁，相反地；我越要求，越得把我捆緊一些。

當我們靠近那兩個賽倫島的時候，它們就用美妙的歌喉唱起來了：

'到這兒來吧，奧德修！

你的英雄事跡，

給阿凱人帶來了光彩！

且停下船兒，聽我們唱一曲。

不論誰，乘黑船，路過這裡，

都欣賞我們的金嗓子，長了見識。

我們知道，根據天神的旨意，

阿凱人和特洛伊人干戈日起，

遼闊的特洛伊平原佈滿屍體。

這豐饒的大地，將會出甚麼事，

我們也能預先得知。'

我被清亮的歌聲陶醉了，就向夥伴們點頭示意，讓他們為我鬆綁，但他們反而把我捆得更緊了。

他們壓根兒聽不見賽倫島的歌聲，所以繼續搖槳，一點也沒受影響。後來船駛到離賽倫島很遠的地方，歌聲完全聽不見了，夥伴們才拿掉我塞在他們耳裡的蠟丸，並為我鬆了綁。

從兩座峭岩當中經過的時候，我只囑咐掌舵的人，要貼近這邊的峭岩航行，不要把船靠到另外一邊。我故意不告訴大家真實情況，因為我怕他們會嚇得不敢搖槳了。

儘管刻爾吉關照過我，不要抵抗，但我還是披盔戴甲，拿着兩支長矛，站在甲板上，準備迎戰。

我們就這樣冒着風險穿過窄窄的海峽：一邊是斯鳩利，另一邊是卡呂布狄。當卡呂布狄往外吐水的時候，

浪花噴得老高；而當它吸進海水的時候，連海底的沙土都裸露出來了。我們個個都被這種可怕的景象嚇得渾身發抖，生怕送了命。

就在這當兒，斯鳩利從船上抓走了我的六個夥伴。他們一邊痛苦地大喊，一邊還掙扎着，向我伸手，希望我能救他們。我眼睜睜看着那個怪物張開六張血盆大口，把他們一古腦兒吞吃了。

我們不久就來到了太陽神的寶島。我想起了泰瑞西阿和刻爾吉的忠告，就再三叮囑夥伴不許殺害牛羊。我們只能吃船上的乾糧。他們都同意了。

但是，打那天起，一直沒有我們需要的西北風，颳來的都是東南風。結果，我們竟在島上被困了一個月，帶來的乾糧和紅酒都光了。

有一天，趁我睡覺的時候，尤呂洛科慫恿大家，宰了太陽神的幾頭最肥壯的牛，烤來吃。

我醒後，嚴厲地責備了他們，但是已經沒法挽回了。他們一共吃了六天牛肉。我呢，一口也不肯吃，只找些野味來填飽肚子。

第七天，終於颳來了順風。我們就上了船，揚起白帆，乘風破浪，向家鄉駛去。

但是不久，我們就遭到風暴的襲擊，全船的人統統淹死，我是唯一活下來的。

我在大海裡漂流了九天九夜，第十天夜裡，被沖到奧鳩吉島上。那就是女神卡呂蒲索居住的地方，她收留了我。

她告訴我，當初我的夥伴們宰殺了神牛，牧羊女神蘭倍提就立刻報告了太陽神優培里翁。太陽神非常生氣，向宙斯告了狀。宙斯答應替太陽神報復，讓參與這事的人統統葬身在大海裡。卡呂蒲索還說，這些話，她是從神的使者赫爾墨嘴裡聽來的。"

　　說到這裡，奧德修把話頓住了。

　　他沉吟了片刻，又補上一句：

　　"到奧鳩吉島以後的事，昨天我已經對國王和王后講過了，我就不再重複了。"

奧德修與西方流浪冒險文學

美國雜誌《圖書》曾評選出歷史上五十大冒險書，《奧德修》名列榜首。

《奧德修》記敍了奧德修歷經十年漂泊，飽受磨難，依靠個人的智慧和力量（有時甚至是狡詐）與種種險境和敵人抗衡，從特洛伊戰場重返家園的故事。從那個時候，西方文學就開始有了寫單槍匹馬個人冒險的傳統。

中世紀，冒險的主角是一個個貴族騎士(如著名的亞瑟王和他的圓桌騎士)，他們戴着宗教的光環，在海上與城市間旅行冒險；文藝復興至十八世紀，流浪漢成為流浪冒險文學的主角，包括浪跡於城市中的流浪漢小癩子（西班牙小說《小癩子》）、癡迷仿效騎士行俠冒險的堂吉訶德（塞萬提斯《堂吉訶德》）、航海遇險流浪荒島的孤獨求生者魯賓遜（笛福《魯賓遜漂流記》）等；進入十九世紀，流浪文學出現新的主題，在《哈克貝利歷險記》、《奧吉馬奇歷險記》等作品中，流浪和冒險不再是為了追求物質和生存，而是為了探尋自由和自我存在的價值。

1922年，愛爾蘭作家喬伊斯出版了現代版"奧德修紀"——《尤利西斯》（尤利西斯是奧德修的拉丁名音譯）。書中主人公在都柏林一天的活動，一一與尤利西斯的十年漂泊相比擬。這並不是一本真正的流浪冒險小說，書中沒有海風巨浪，巨人神妖；現代"奧德修"的漂泊也不再是從一個地方到另一個地方的真實生存狀態，而是象徵在平庸瑣碎的現代都市生活中，心靈的流浪和迷失，同樣具有悲劇的深度。

在東方，描寫唐朝高僧玄奘師徒四人不畏艱險到西天取真經的《西遊記》，也是一部描寫長途歷險的偉大作品。與《西遊記》尋求真理，伸張正義的主題相比，奧德修就"單純"得多，他歷盡艱辛是為了回家，他的行為也談不上多高尚。但奧德修的漂流，表現了冒險精神和對未知世界的好奇心，及改變命運的意志、征服自然的英雄氣概，開創了西方流浪冒險文學一脈相承的精神傳統，是西方文學極有生命力的題材。

趣味重溫（2）

一、你明白嗎？

1. 奧德修回家途中經歷許多奇怪危險的遭遇，下面哪些是故事中出現過的？（　　）

   a. 獨眼巨人　　　b. 吃人族　　　c. 矮人族　　　d. 令人失憶的食物

   e. 變成動物　　　f. 死人復活　　　g. 歌聲殺人　　　h. 六頭妖怪

   i. 一口吸乾海水　　　j. 鬼魂

2. 西方文學中的很多典故或寓意，都出自英雄奧德修的歷險故事，請根據理解將下列奧德修經歷與其對應的寓意連線配對。

   A

   | Circe's Wand | The Song of the Sirens | The Lotus-eaters |

   | The Cyclops | Between Scylla and Charybdis |

   B

   | 海妖之歌 | 忘憂果 | 點人成豬的魔杖 | 峭岩上的海怪 | 獨眼巨人 |

   C

   | 輕信蠱惑 | 進退兩難 | 甜言蜜語 | 樂不思歸 | 不受社會約束 |

3. 奧德修歷險情節豐富曲折，充滿奇情趣味，試將下列奧德修的歷險經歷，按時間先後排序，並把對應的內容連線配對。

時序	歷險		遭遇		結局
（　）	遭遇食人族	●	● 被困山洞內，幾個部下一下被活活吃掉	●	● 乘坐僅存的一隻船逃離虎口
（　）	到陰間旅行	●	● 同伴被變成豬	●	● 用仙草破解妖術，救出同伴
（　）	遇獨眼巨人	●	● 船舶被毀，同伴被食	●	● 設計藏在羊身上逃脫
（　）	誤入女神宮殿	●	● 被兩個致命妖怪襲擊	●	● 被困七年
（　）	被沖到奧鳩吉島上	●	● 與死去的親人、戰友交談	●	● 奧德修預知未來命運
（　）	經過兇險的峭岩	●	● 被一位女神收留	●	● 犧牲六個同伴，渡過海峽

二、想深一層

1. 閱讀故事，留意一下奧德修海上歷險遭遇的敘述手法有哪些特點，回答問題。

（1）奧德修獲救後，詳細講述驚心動魄的海上歷險遭遇，在敘述的時間手法上屬於（　　　）

a. 順敘　　　b. 倒敘　　　c. 插敘

（2）奧德修在講述歷險經歷時往往夾敘夾議，即敘事和議論穿插，試從下列選項中，以 "＿＿＿＿" 劃敘，以 "﹏﹏﹏" 劃議。

a. 我叫奧德修，住在伊大嘉島。那是個小小的海島，淨是荒山，土地貧瘠。但是艱苦的環境能鍛煉人。在我看來，天下再也沒有這麼可愛的地方了。

b. 走啊，走啊。忽然，一個巨大的岩洞攔住了去路。岩洞的支柱是用整個松樹和橡樹的大樹幹做的，連樹皮都沒剝下來，樹枝也依然紮煞着。説明岩洞的主人力氣雖大，卻沒有掌握木工技術。

c. 獨眼巨人順手抓起我的兩個部下，張開血盆大口，把他們活活地吃掉了。原來獨眼巨人就愛吃人。在他們看來，人肉比羊肉鮮嫩得多。不過，很少有人漂到這一帶的海岸上，所以他們難得有機會吃到人。

（3）奧德修的故事採用第一人稱與第三人稱並用的手法，奧德修結束海上漂流後的經歷由詩人敍述，而海上漂流的經歷則由奧德修以第一人稱"我"親自敍述，其作用是（　　）。（答案多於一個）
a. 增加投入感　b. 加強可信性　c. 敍述更客觀　d. 引發共鳴

2. 比喻是荷馬史詩中最常用的修辭手法。下列各句中＿＿＿是比喻句。試用"＿＿＿"畫出比喻的本體，用"（　）"圈出喻體。如：(花樣) 年華
a. 留在船上的夥伴們看見我活着回來了，都歡騰得好像已經返回了故鄉似的。
b. 她三次都像幻夢一樣從我手裡溜走了。
c. 這時信使之神赫爾墨搖身一變，變成了一個小伙子，擋住了我的去路。
d. 他是獨眼巨人當中性情最兇惡的一個，塊頭大得簡直像是一座山。
e. 我的部下們嚇得縮作一團，渾身像篩糠一樣瑟瑟發抖。

3. 〈獨眼巨人〉一節細節周密曲折，極富戲劇性。試回答以下問題：
（1）這故事中奧德修遇到的最大危機是（a. 闖入神秘山洞/b. 洞口被

大石頭堵住 /c. 會被巨人吃掉）。

（2）奧德修一夥能逃出生天，與巨人的眼睛（a. 大小 /b. 視力 /c. 數目 /d. 功能）有關。

（3）奧德修一夥能避免巨人族圍攻報復，是利用了語文的（a. 一詞多義 /b. 諧音雙關 /c. 同義詞）特點。

（4）從巨人被刺後，（a. 放羊出洞時撫摸和數數目 /b. 用石頭堵塞洞口 /c. 問奧德修的名字），可以知道他雖身裁巨大，但心思細密。

（5）閱讀下列各句，體會其在故事中的作用：

a. 獨眼巨人只有一隻銅鈴般的大眼睛，長在前額正中。

b. 廚房裡堆滿了新鮮羊肉，奶棚裡是大桶大桶雪白的羊奶。羊圈卻是空蕩蕩的。

c. 他是獨眼巨人當中性情最兇惡的一個，塊頭大得簡直像是一座山。

d. 我的部下嚇得縮作一團，渾身像篩糠一樣瑟瑟發抖。

e. 波呂菲謨説："呸！我們比宙斯和其他天神都強大。哪怕你們這些人都站在宙斯一邊，我們也不怕。我們敢向宙斯本人宣戰。"

f. 獨眼巨人順手抓起我的兩個部下，張開血盆大口，把他們活活地吃掉了。

g. 我拔出寶劍，打算把這怪物殺死。但我轉念一想，怪物一完蛋，堵在洞口的大石頭誰也搬不開，豈不是都得悶死在洞裡了嗎？所以我就沒敢隨便下手。

上述各句描寫場景的是 ＿＿＿＿＿＿＿＿；刻畫人物外貌、性格特徵的是 ＿＿＿＿＿＿＿；描寫人物動作的是 ＿＿＿＿＿＿＿；描寫人物對話的是 ＿＿＿＿＿＿＿；反映人物心理活動的是 ＿＿＿＿＿＿＿。

4. 奧德修講述的歷險故事中，通過語言塑造出奧德修的性格特點，請將下列對話與奧德修的相應性格特點連線配對。

<u>對話</u>　　　　　　　　　　　　　　　奧德修性格特點

(1)

波呂菲謀：

"你叫甚麼名字？"　　　　　　　　●　　　　●　俠義正直

奧德修：

"我叫無人。我的親戚朋友都這麼稱呼我。"

(2)

奧德修：

"喂，獨眼巨人！要是有人問你，是誰把你的眼睛弄瞎的，你　●　　　●　機智聰明
就告訴他：伊大嘉國王奧德修替那些無辜的受害者報了仇！"

(3)

刻爾吉：

"把船靠近斯鳩利那邊，趕快渡過難關吧。因為犧牲六個夥
伴，總比一起都遭殃要強一些。"　　　　　　　　　　　●　　　●　機警多疑

奧德修：

"我能不能一方面躲避卡呂布狄，一方面抵抗斯鳩利，不讓它
抓走夥伴們呢？"

(4)

阿戲留：

"你好大膽，怎麼跑到陰間來了。"　　　　　　　　●　　　●　愛護士兵

奧德修：

"我是來找泰瑞西阿的鬼魂的，問問他，我該怎樣回到伊大
嘉。"

(5)

刻爾吉：

"看來你一定就是大智大勇的奧德修了。赫爾墨曾好幾次告訴
我，說奧德修要乘黑色的船到這兒來。你在我家住下吧，我
要好好地款待你。"

奧德修：　　　　　　　　　　　　　　　　　　　　　　●　　　●　有膽量

"你必須先賭一個大咒，保證不再搞甚麼陰謀詭計來害我，我
才肯留在你這裡。"

三 、延伸思考

1. 人類早期對遠地了解不多，因此經常有各種傳聞，逐漸形成各個民族好玩的著作或故事。奧德修的曲折歷險，充滿想像力，也是這類作品。你知道中國有甚麼著作或故事，也是描寫外地各種奇聞異事的嗎？

2. 中國四大古典小說之一的《西遊記》，同樣也是一部描寫長途歷險的作品，講述唐僧師徒四人許多奇怪危險的遭遇，比如人參果的故事（第二十四至二十六回）、吃人的各式妖怪（例如第七十二回蜘蛛精故事），試對比它們與奧德修遇到無憂果、吃人族的歷險有何異同？

13. 奧德修回到伊大嘉

　　奧德修的故事講得很動聽，人們聽得入了迷。他講完之後，大廳裡鴉雀無聲。過一會兒，阿吉諾王建議，除了已送給客人的衣裳、金器甚麼的，每個貴族再送給他一個大銅鼎和一隻銅盆。這是一份厚禮，貴族們自己負擔有困難，要從老百姓當中來徵收這筆費用。

　　貴族們贊成這個主意，大家就回自己家睡覺去了。

　　第二天，阿吉諾又設酒宴，為奧德修餞行，傍晚才送他上船。淮阿喀亞人在甲板上給他鋪了一張舒適的床。他睡得很香，晨星升起後，船靠了岸，他都不知道。淮阿喀亞人把酣睡中的奧德修連同他的被單、毛毯一道抬到沙灘上，並把國王和貴族送給他的貴重禮品放在橄欖樹蔭下，就回去了。

　　波塞頓看到這副情景，就對宙斯說：

　　"我說過奧德修要吃盡苦頭才能回家，結果他反而滿載而歸。即使他直接從特洛伊一帆風順地回家，也帶不回那麼多戰利品啊。"

　　宙斯回答道：

　　"那麼，你就隨心所欲地去做吧。"

　　波塞頓說：

　　"我想趁淮阿喀亞人送走客人回家去的時候，對他們的船進行報復。"

　　於是，當那隻船快靠岸的時候，波塞頓使它和全船的人都變成了岩石。打那以後，淮阿喀亞人再也不肯護送遠方來客了。

　　英雄奧德修一覺醒來，一時沒認出這就是故鄉的土地。一方面這是因為他離家太久了，同時雅典娜又把他籠罩在一層神霧裡。這時雅典娜搖身一變，變成一個牧童，走了過來。奧德修用懇切的口吻問他，這是甚麼地方。

牧童說：

"外鄉人，連這個地方你都不知道嗎？看來你要麼是個傻子，要麼就是從遠地來的。這裡叫伊大嘉，據說它的名聲都傳到遙遠的特洛伊去了呢。"

奧德修為人謹慎。他不願暴露自己的身分，就編了一套謊話，說得有鼻子有眼兒，彷彿真的一樣。

這時牧童哈哈大笑，一眨眼的工夫就變成了身材修長、面貌美麗的雅典娜。她一本正經地說：

"你這傢伙，怎麼回到故鄉還扯謊呢。你在凡人當中以機智出名，我在天神當中也以有智謀著稱。你怎麼認不出我了呢？我曾經幫助你度過種種艱險，淮阿喀亞人送給你那麼多禮物，護送你回鄉，也是我安排的。"

奧德修回答道：

"女神啊，再聰明的人也很難認出你來。因為每一次你都是借不同的形象顯現。"

附近有個陰暗的山洞。女神進去查看裡面安全不安全。奧德修把淮阿喀亞人送的金器、銅鼎、銅盆和衣裳，都搬到洞裡放好。雅典娜還推過一塊大石頭，堵住洞口。

於是，他倆坐在橄欖樹下，商談怎樣殺掉那些蠻橫的求婚子弟。雅典娜說：

"在你達到目的以前，千萬不要向任何人暴露自己的身份。你要考慮一下怎樣制裁那幫惡棍。他們在你家裡篡權，已經好久了。你的妻子一直悲傷地盼着你回來。"

奧德修說：

"啊，女神！虧得你把真實情況告訴了我。不然的話，我手無寸鐵地跑回家去，豈不是要跟阿加曼農一樣，也遭到那幫壞蛋的暗算！現在，請你幫我出出主意，教給我應該怎樣報仇。有了你的支持，哪怕要對付三百人，我也不怕。"

雅典娜說：

"你儘管放心，該動手的時候，我一定支持你。現在我要改變你的模樣，讓任何人都認不出你來。不但是那些求婚子弟，就連你的妻子和兒子都會把你看作是卑賤的人。首先，你得去找豬倌。他在看守豬群哪。他對你的妻子和兒子都很好。你就跟他住在一起吧，甚麼事都可向他打聽。我要去把你的兒子找回來。他在曼涅勞家裡呢。他想知道你是否還活着，前去探聽你的消息的。"

奧德修說，

"你既然甚麼都知道，為甚麼不索性告訴他呢？他漂洋過海，要冒多大風險哪。何況外人正在家裡揮霍他的財產呢。"

雅典娜回答道："你不用替他擔憂。他出去闖闖，可以使他的名聲遠揚，對前途是有好處的。有些求婚子弟在島上打埋伏，想在他路過的時候暗算他。但是決不會讓他們的陰謀得逞。相反，他們倒會先把命送了。"

雅典娜邊說邊用神杖碰了奧德修一下。他那光潤白皙的皮膚，立即變得皺巴巴的，金黃色的頭髮一下子掉光了。腰彎了，背也駝了。炯炯有神的眼睛，混濁無光了。她幫奧德修換上一套被煙燻黑了的又髒又破的衣服，外面又披一塊光板無毛的鹿皮。最後，她又給了他一根棍子和一隻破爛袋子。

於是，女神就動身到拉刻代蒙去找奧德修的兒子。

14. 尤邁奧的窩棚

奧德修從港口穿過樹林，沿着山間的羊腸小道，去找那個忠心耿耿的豬倌尤邁奧。奧德修家奴僕很多，就數這個豬倌關心他的產業。

尤邁奧用巨石在養豬的院子四周築了圍牆。還在院子裡砌了十二個豬圈，每個豬圈裡關着五十頭母豬。公豬的數目比母豬少多了，只有三百六十頭，都睡在豬圈外面。四條兇猛的狗日日夜夜守着豬群。

那幾條狗看見奧德修走過來，就汪汪叫着，撲了過去。要不是尤邁奧趕緊從窩棚裡跑出來，把牠們轟走，説不定奧德修就會給咬傷了。

豬倌殷勤地把奧德修領進窩棚，給他在座位上厚厚地墊好茅草，又鋪上山羊皮。他替奧德修宰了兩口小豬，烤得香噴噴地擺在他面前，還給他倒上滿滿一碗甜酒。他坐在奧德修對面，説：

"客人，請吃吧，別客氣。我是個家奴，只拿得出這麼一點東西來款待你。肥豬都填了那些求婚的無賴的肚子。我的主人闊得很哪，天下沒有一個王侯的財產比得上他。二十個財主加在一起，也沒有這麼多。在大陸上，他有肥豬、綿羊、山羊和牛，各十二群，由家奴或外地來的人放牧。在伊大嘉本島，他有十一群山羊，也有忠實的牧人看守着。

但是主人不在家。如果他還活着，準餓着肚子，在外鄉流落哪。我們辛辛苦苦養肥了牲口，都給那些壞蛋吃掉了。羊也罷，牛也罷，他們每天都不止宰殺一兩頭。我是養豬的，每天也得挑一口最好的，給他們送去。”

奧德修邊聽邊默默地吃喝，並暗自詛咒那幫求婚子弟。吃飽喝足後，他向豬倌問道，

“朋友，你的主人是誰？請告訴我他的名字，說不定我還認識他呢。”

豬倌說：

“我的主人叫奧德修。不論我到哪裡去，再也找不到那麼仁慈的主人了。我最懷念的是死去了的奧德修，就連對生我養我的爹媽，我都不像對我親愛的主人這麼想念。”

奧德修說：

“你怎麼能肯定奧德修已經死了呢？我不但能告訴你他還活着，而且我還要賭個咒，說奧修很快就會回到他自己家裡，並向那些侮辱他妻子和兒子的人報復。”

豬倌尤邁奧回答道：

“老頭兒，奧德修是不會回家了，你還是安安靜靜喝你的酒吧。咱們還是想些旁的事情，不要再提這些了，因為一提起主人，我就傷心，我當然巴不得奧德修能回來，潘奈洛佩也好，奧德修的老爹拉埃提也好，帖雷馬科也好，都這麼盼望着。

帖雷馬科很有出息，一表人材，我認為他將來會像他爹那樣出人頭地。可是不知怎麼地，他迷了心竅，跑到蒲羅打聽他爹的消息去了。

那些求婚子弟就設下埋伏，等他一上岸，就要對他下毒手，以便讓奧德修絕了後代。但是我相信，宙斯會保護他的。

老頭兒，你還是講講你自己的事吧。你是甚麼人？從哪兒來的？”

奧德修回答道：

"好，我把真實情況告訴你吧。我是克里特島上一個富人的兒子。後來，我和伊多墨紐被克里特島的人們推選出來，率領船隊，參加了阿凱人攻打特洛伊的戰役。攻陷伊利昂城後，我平平安安回到克里特島。

可是，我在家裡僅僅住了一個月，就心血來潮想到埃及去。我準備了九條船，帶上一批人出發了。第五天，我們來到埃及，夥伴們竟去劫掠埃及人的村莊，結果，埃及王率領大軍，殺了我們不少人，活下來的，也被抓去服勞役，我跑到埃及王的馬前，抱住他的膝蓋，求他開恩，他寬恕了我。

我在埃及呆了七年，攢下不少財富，到了第八年，有個腓尼基人勸我到腓尼基去，我在他家住了一年後，他要我同他坐船去利比亞，其實是想把我賣掉，船在海洋上航行的時候，起了風暴，除了我以外，所有的人都淹死了。

我抱着桅杆，漂流了九天，在第十天夜裡，到了賽斯普洛特人的土地。那裡的國王斐東慷慨地招待了我，王子還給我一件新外套和一件漂亮的襯衫。

我是在那兒聽到奧德修的消息的。國王說，奧德修還鄉的時候，曾路過那兒。他還給我看了奧德修所收集的金器和銅鍋、銅鼎。奧德修把這些東西存在國王那裡，到多杜尼的神廟去了。他想知道，宙斯是要他公開在伊大嘉登陸呢，還是悄悄回故鄉。國王說，船早就準備好了，等奧德修一回來，馬上就送他回國。

後來我搭乘一條便船，想回家鄉去。哪裡想到，船上的人是一幫壞蛋，他們打算把我當作奴隸。於是，他們扒下我那件漂亮的襯衫和新外套，給我換上這身破爛衣服，還把我捆在桅杆上。

昨天，船在伊大嘉的海灣裡下了錨，他們都上岸吃飯去了。這當兒，天神給我鬆了綁，我就下了船，游到岸上，藏在灌木叢裡。他們到處找我，但終於沒有找到，就只好開船走了。在天神的保佑下，我總算來到一位好心人家裡。"

但是，尤邁奧依然不相信主人還會回來，他說，老頭兒關於奧德修的那段話總是瞎編的。

這時，其他幾個豬倌趕着豬群回來了。尤邁奧叫夥伴們宰一口公豬，招待遠方來的客人，大家也乘這機會好好吃一頓。

奧德修和幾個年輕的豬倌睡在窩棚裡。為了看守豬群，尤邁奧獨自睡在院子裡的一塊背風的岩石腳下。奧德修看到尤邁奧這麼愛護主人的財產，自然十分高興。

15. 帖雷馬科重返家園

　　雅典娜來到拉刻代蒙，走進曼涅勞王宮的前殿。帖雷馬科和奈斯陀的兒子培西斯特拉陀還躺在被窩裡哪。培西斯特拉陀睡得很香，帖雷馬科卻睜大了眼睛，在想念他的父親。

　　雅典娜對他說：

　　"帖雷馬科啊，快回家去吧！但是二十個狂妄的求婚子弟，埋伏在伊大嘉和薩爾島之間的阿斯代里島上。當你打那兒經過的時候，他們打算對你下毒手，所以你得繞開那個地方。

　　在伊大嘉上岸後，你讓夥伴們先進城，你一個人去找那個忠心的豬倌吧！你叫他給你母親捎個口信，告訴她你已經平平安安地從蒲羅回來了。你就在他那兒過夜好了。"

　　雅典娜說完話，就回到奧侖波山上去了。

　　第二天一早，帖雷馬科就去告訴曼涅勞他要回鄉的事。曼涅勞送給他一隻鑲着金邊的雙耳銀酒盅，曼涅勞的兒子邁加盤送給他一個銀碗，赫連妮送給他一件親手做的色彩鮮艷的錦袍。

　　赫連妮還吩咐女管家，準備一頓豐盛的飯菜，給客人餞行。

　　馬車裝飾得漂漂亮亮的。它剛要離開宮殿，一隻老鷹從院子裡抓走一隻大白鵝，從馬車右邊掠過，飛上高高的天空。

　　培西斯特拉陀向曼涅勞問道：

　　"曼涅勞王，依你看，這是甚麼兆頭呢？"

曼涅勞還沒來得及開口，赫連妮就搶着說：

"那隻老鷹從山裡飛來，抓走了那隻家鵝。我認為，這說明奧德修很快就要回家來報仇。那些壞心眼的求婚子弟，統統會遭殃。"

帖雷馬科大聲說：

"但願你的話能夠應驗。"

於是，他們那輛馬車就向原野飛跑去了。和來的時候一樣，他們在那個叫狄奧克雷的人家裡過了夜。第二天繼續趕路。當遠遠地看到蒲羅那座高高的城堡的時候，帖雷馬科對培西斯特拉陀說：

"咱們倆一樣大，這次一道旅行，彼此又有了交情。我打算直接坐船回家，就不到你家打擾了，免得耽誤工夫。請你替我問候老人家。"

培西斯特拉陀把曼涅勞送給帖雷馬科的貴重禮物搬到船上，就一個人回蒲羅城去了。

啟航以前，帖雷馬科正在船頭給雅典娜獻祭的時候，過來了一個陌生人，問他道：

"朋友，你是甚麼人？打哪兒來的？"

帖雷馬科說：

"客人，我叫帖雷馬科，生在伊大嘉。我是從家鄉出來，打聽我父親奧德修的消息的。"

陌生人說：

"我叫塞奧克呂曼諾，由於殺了一個同族的人，從家鄉逃出來了。那個人很有勢力，他的親戚朋友正在追趕我。請你讓我搭你的船，不然的話，我就會給他們殺害啦。"

帖雷馬科馬上讓他上了船。颳來了一陣順風，把他們平平安安送到伊大嘉。船繞了個大彎子，沒有經過阿斯代里島。那些求婚子弟白白在那兒等了帖雷馬科好多天。

帖雷馬科讓大家先上岸，吃了一頓飯。他叫那些槳手乘船進城去，説他要到莊園去看看農活和放牧的情況。

塞奧克呂曼諾問他道：

"你説我怎麼辦好？是投奔另一位伊大嘉王侯呢，還是到你家去？"

帖雷馬科回答説：

"我當然願意在家裡招待你。但是如今我不在家，我母親又躲在樓上織布，不肯見那些求婚的貴族子弟，所以不好辦呀。"

這時候，有一隻老鷹抓着一隻鴿子，從船身和帖雷馬科之間飛過去了。塞奧克呂曼諾就悄悄地告訴帖雷馬科，那隻鷹從他右邊飛過去，是上天降下的好兆頭，表示在伊大嘉，只有帖雷馬科的家族應該作國王。

帖雷馬科説，假若塞奧克呂曼諾的話能夠應驗，他將盛宴招待他，並送給他很多禮物。於是，他叫他的忠實夥伴培萊奧把客人帶回家去，好好招待。

夥伴們乘船朝都城駛去了，帖雷馬科一個人大步流星地朝莊園走去。

奧德修在窩棚裡過夜後，第二天用話試探了尤邁奧一番。他想知道這個豬倌是有心收留他呢？還是打算催他走。

奧德修説，他想進城去，向那些求婚的貴族子弟討飯吃。尤邁奧勸奧德修還是留在窩棚裡好。等帖雷馬科回來了，就會送給他襯衫和外套。不論他想去哪兒，帖雷馬科都會送他去。

奧德修問道：

"尤邁奧，你是怎麼到這兒來的？"

尤邁奧說：

"我原來是敍利亞人，我父親克提西奧有着那裡的兩座城。我家裡有個腓尼基女僕，她勾結外來的腓尼基商人，把我拐騙到船上。那時我還很小。那個女僕卻遭了報應，暴死在海上了。

後來風浪把船颳到伊大嘉。奧德修的父親就花錢把我買了下來。奧德修的母親待我很好。她把我和她自己的小女兒克提曼尼一起撫養大了。克提曼尼長大以後，嫁到薩爾島去了。可是奧德修的老母親卻死了，她是想兒子想死的。"

16. 父子團圓

　　天剛蒙蒙亮，奧德修和豬倌就在窩棚裡生火做飯。吃完飯，那幾個小伙子就牧豬去了。這時，帖雷馬科出現在窩棚的門口。豬倌看見他平平安安回來了，高興地擁抱他。

　　豬倌請帖雷馬科坐下來，在他面前擺上烤肉、麥餅和甜酒。帖雷馬科酒足飯飽後，問豬倌道：

　　"這位客人是打哪兒來的？"

　　豬倌説：

　　"客人是從一條塞斯普洛特人的船上逃出來的。他説，他是來向你求助的。"

　　帖雷馬科説：

　　"現在客人已經到了你這裡，我要送給他一些好衣服和一雙鞋，送他上路。如果他願意留在你這裡，我可以給他送口糧來，免得給你添負擔。可是我不能在家裡招待他，因為那些狂妄的求婚子弟會嘲笑他的。"

　　奧德修問他道：

　　"為甚麼那些求婚子弟竟在你家裡胡作非為？是不是你的兄弟們太不爭氣，不敢給你撐腰？"

　　帖雷馬科回答説：

　　"我家三代以來都是獨子，我的祖父、父親和我都沒有兄弟。"

　　接着他又對豬倌説：

　　"尤邁奧，請你這就去告訴我母親，説我已從蒲羅平平安安回來了。但不要讓別人知道這事，因為有許多人想暗算我。"

尤邁奧馬上動身進城去了。女神雅典娜搖身一變，變成一個美麗的婦女，站在窩棚門外。只有奧德修能看見她，帖雷馬科卻看不見。因為天神願意顯現給誰看，誰就看得見她。女神向奧德修點點頭，奧德修就朝她走去。雅典娜說：

"奧德修，你現在就可以向你兒子挑明，不必再隱瞞下去了。你們去向求婚人進行報復吧，我將支持你們。"

雅典娜說完話，用金杖碰了奧德修一下，他就又恢復了原來的樣子。雅典娜的蹤影消失後，奧德修又進了窩棚。帖雷馬科發現他改變了樣貌，驚愕得以為是天神顯現了。奧德修撲簌簌地掉下淚來，吻着帖雷馬科，說：

"我不是甚麼天神，是你父親。"

帖雷馬科不敢相信這就是他父親。他對奧德修說：

"只有天神才能忽然變老，忽然又變年輕。這準是天神在捉弄我呢。"

奧德修回答說：

"我確實是你父親奧德修，漂流了二十年才回到故鄉。是女神雅典娜幫助我改變樣貌的。"

於是父子倆抱頭痛哭，一直哭到天黑。奧德修這才把他回鄉的經過告訴了兒子。接着，他和兒子商量怎樣殺掉仇人。

帖雷馬科說：

"求婚子弟的數目可大啦。從杜利奇島來了五十二個，從薩爾島來了二十四個，從查昆陀島來了二十個，從本島來了十二個。他們還帶來了一些隨從人員。咱們爺兒倆怎麼對付得了這一百多人呢？"

奧德修說：

"咱們有女神雅典娜和天父宙斯支持，根本就用不着找其他幫手。"

帖雷馬科說：

"可是兩位神都在天上，而且他們還得管其他神和人的事情，哪裡顧得了咱們呢？"

奧德修說：

"你放心。當咱們和那幫求婚人廝殺的時候，他們兩位決不會袖手旁觀的。明天一早你就回去。我裝作一個老叫化子，由豬倌領着進城。不論那些求婚人怎樣侮辱我，欺負我，你都不要動氣，只能好言好語勸他們。

甚麼時候女神雅典娜告訴我可以動手了，我就向你點一下頭。你馬上把堂上的兵器統統收到庫房裡去。要是那幫求婚人問你兵器哪兒去了，你就說，你怕他們喝醉了，會動起刀槍，所以給收好了。

可是你得給咱們倆留下兩把利劍、兩支長矛和兩個牛皮盾牌。時機一到，咱們拿起它們就去衝殺。

不過，這事兒你可得瞞住所有的人，包括你媽、你爺爺和豬倌。"

奧德修父子正這麼策劃的時候，帖雷馬科的夥伴們已經把船拖上岸，並派一名使者去告訴潘奈洛佩，她的愛子到莊園上去了。使者的話剛剛說完，豬倌就到了。他向潘奈洛佩把同樣的話重複了一遍。

那幫被派去暗殺帖雷馬科的求婚子弟，沒有達到目的，灰溜溜地回來了。於是大家聚在一起，商量該怎麼辦。安提諾主張，還是要設法殺掉帖雷馬科。從杜利奇島來的安菲諾謨心腸軟一些。他表示，除非殺死帖雷馬科符合宙斯的意願，不然的話，他是不願意害死一個王子的。

帖雷馬科走後不久，使者彌東就告訴了潘奈洛佩，那幫求婚子弟打算對她兒子下毒手。現在她聽說兒子已回到伊大嘉，她擔心那些傢伙要殺害他，就下樓來，苦口婆心地勸他們回心轉意。

尤呂馬科假惺惺地說，他們決不會幹這種缺德的事。其實他滿腦子想的都是怎樣及早把帖雷馬科的命送掉。

豬倌尤邁奧回來之前，雅典娜又來到奧德修身邊，用金杖碰了他一下，把他重新變成老頭兒。

尤邁奧告訴帖雷馬科，他在潘奈洛佩那裡遇見了帖雷馬科的夥伴派來的使者。那個人也是來通知潘奈洛佩，她的兒子已經回來了。他還從都城的一座山上看到，港口停泊着一艘船。船上裝滿了盾片和雙鋒的長矛，還有好多人。他估計那就是想暗殺帖雷馬科的求婚子弟撲了個空，從阿斯代里島回來了。

當天晚上，奧德修父子和豬倌在窩棚裡一道吃了飯，就上床睡覺了。

17. 奧德修進城

　　天剛蒙蒙亮，帖雷馬科就拿起巨大的矛，準備進城去。他對豬倌說：

　　"尤邁奧，現在我就進城去看我媽。你把這個倒霉的外鄉人帶進城，讓他在那兒要飯吧。我自己的煩惱已經夠多的了，我不可能對所有的來客都照顧得那麼周到。"

　　奧德修對帖雷馬科說：

　　"討飯嘛，在城裡總比在農村容易一些。我上了歲數，不適於在莊園上幹活了。你走吧。等太陽升高了，我在火邊也烤暖和了，就跟着你手下的這個人進城。"

　　帖雷馬科匆匆地回到宮殿裡。他把手裡的矛靠在堂前的高柱子上，邁進門坎。老保姆尤呂克累是頭一個看見他的。她馬上流着淚跑過來。他母親潘奈洛佩也從臥室裡出來，問長問短。

　　帖雷馬科說，他從蒲羅帶來了一位客人，他得先去把客人接來。塞奧克呂曼諾幾天來一直住在培萊奧家裡。就在這當兒，培萊奧把塞奧克呂曼諾送到奧德修的宮殿來了。女奴給帖雷馬科和塞奧克呂曼諾洗了澡，給他們擺上豐盛的麥餅和烤肉。

　　帖雷馬科吃飽喝足後說：

　　"媽媽，曼涅勞曾告訴我，海中老人對他說過，我爹奧德修在女神卡呂蒲索的海島上哪。他沒有船，所以沒法兒離開海島。"

　　潘奈洛佩聽了，心情非常激動。

　　這時候，塞奧克呂曼諾說：

　　"奧德修夫人，當我要搭乘帖雷馬科的船的時候，我看見了一個好兆頭：奧德修現在已回到家鄉，正在想辦法處罰那些求婚子弟哪。”

潘奈洛佩說：

“如果你的話應驗了，我一定好好招待你，並且送給你很多禮物。”

他們在屋裡談話的時候，那幫求婚子弟在奧德修的宮殿門口扔石餅啦，投長矛啦，像平時一樣鬧騰着。使者彌東對他們說：

“時候不早了，該吃飯啦。”

那幫求婚人就走進殿堂，又是殺牛羊，又是宰豬，準備了一頓豐盛的晚飯。

這當兒，奧德修和豬倌正往城裡走去。他們在半路上遇見了羊倌美蘭修。他和另外兩個羊倌趕着一群肥山羊，那是供求婚子弟在酒席上吃的。美蘭修用難聽的話侮辱奧德修，還在他屁股上狠狠地踢了一腳。奧德修竭力壓住心頭的怒火，沒有還手。

美蘭修是奧德修的家奴，但是如今早把舊主人忘了。他成了尤呂馬科最寵愛的僕人。

他比奧德修等人走得快。他進了殿堂，就和那幫求婚子弟一道大吃大喝起來。

奧德修和豬倌剛走到宮殿前面，悅耳的琴聲就傳到他們的耳邊。他們還聞到了香噴噴的烤肉氣味。

門旁的垃圾裡躺着一隻狗。牠叫阿戈，是二十年前奧德修親手養大的。現在牠老了，沒有人餵牠東西吃，所以瘦成了一把骨頭。牠認出了主人，興奮地搖了搖尾巴，奔拉着兩隻耳朵，但牠已沒有氣力走到主人身邊。奧德修把眼睛掉過去，悄悄地擦了擦眼淚，免得引起尤邁奧的注意。阿戈拚盡渾身的力氣對主人表示歡迎，然後就默默地嚥了氣。

　　豬倌先進了宮殿。帖雷馬科第一個看見了他，立刻示意叫他走過去。豬倌就搬了張凳子，坐在帖雷馬科對面，吃麥餅和肉。

　　奧德修隨後
走了進來。
他活像個
可憐的老
叫化子，
倚着門
柱，在槐
木做的門
坎上坐了
下來。帖
雷馬科叫
豬倌給他
送去一些肉
和一塊餅。
奧德修吃飽
後，就按照雅典娜
的指示，挨個兒向那些求婚子
弟乞討。求婚子弟彼此交頭接耳，想知道這個老頭兒是
從哪裡來的。美蘭修嚷道：

　　"這個外鄉人是豬倌帶來的！"

　　安提諾責備豬倌，不該帶這麼個討厭的叫化子來，使他們敗興。他不但甚麼也不給奧德修，還搬起腳凳，向奧德修扔去，打在他右肩下面靠近脊梁的地方。他還威脅道，要把奧德修渾身的皮剝光。

有個求婚子弟對安提諾説：

"你不該打這個背時倒運的流浪漢。天神會變成各種形狀來考驗人。如果他是天神變的，你就會遭殃啦。"

安提諾卻壓根兒不理睬那個人的話。帖雷馬科看見父親捱打，非常氣憤。但是他牢牢記着奧德修囑咐他的話，默默地忍受着。

潘奈洛佩聽説客人在宮殿裡捱了打，就對女管家尤呂諾彌説，但願安提諾會被阿波羅殺死。她派人把豬倌叫進自己的房間，對他説：

"你去把那個外鄉人叫到這裡來吧。我要對他表示歡迎，並向他打聽一下奧德修的事。聽説他走南闖北。經得多，見得廣哩。"

豬倌把潘奈洛佩的意思轉告奧德修。奧德修説：

"我害怕那些兇惡的求婚人。剛才那個傢伙平白無故地打了我，帖雷馬科和別人都不敢阻攔。等天黑了，我再去吧。"

豬倌又進屋去，把奧德修的話告訴了潘奈洛佩。接着，豬倌又小聲對帖雷馬科説：

"帖雷馬科，我要走了。我得去看守豬群和其他財產。你在這裡照料一切吧。但願在他們沒來得及傷害咱們之前，天神就把他們幹掉。"

帖雷馬科對他説：

"尤邁奧，你吃飽了就走吧，明天一早再來。別忘了趕幾頭獻祭用的牲口來。"

豬倌走的時候，天色已經黑下來了，宴會卻還沒有散。

18. 宮殿裡的乞丐

　　這時，當地的一個叫化子到宮殿裡來了。他叫阿奈奧，因為經常替人家跑腿送信，人們就給他起了個外號叫"跑腿的"。他惡狠狠地對奧德修説：

　　"老頭兒，從門口滾開！你沒看見大家都對我擠眉弄眼，要我把你拖走嗎？快走吧，快走吧，免得我動起手來。"

　　奧德修盯了他一眼，説：

　　"真奇怪，我坐在這兒，又沒礙你的事。咱們各討各的飯。東西是人家的，用不着你心痛。你小心點兒，不要惹我生氣。不然的話，別看我上了歲數，還是會把你打得頭破血流。"

　　阿奈奧把腳一跺，罵道：

　　"我要給你幾個耳刮子，把你滿嘴的牙齒都打落在地上，就像對付一口賊豬那樣。你馬上準備吧，讓各位在座的老爺們看看，你是不是打得過一個棒小伙子。"

　　安提諾看見兩個要飯的吵了起來，就開懷大笑，對其他求婚子弟説：

　　"這可真是令人開心的把戲。請大夥兒聽我的建議：他倆哪一個打贏了，以後就可以經常到咱們這兒來吃飯。別的乞丐，一個也不許來。"

　　大家都贊成安提諾這個建議。

　　這時候奧德修靈機一動，説：

　　"我老了，多半打不過這個年輕人。我只希望大家賭個咒，決不幫助'跑腿的'來打我。"

　　大家就照他的意思賭了咒。

帖雷馬科説：

"外鄉人，你不必擔心別人會來干涉。我是你的東道主。這裡還有安提諾和尤呂馬科，他們是説一不二的。"

奧德修擺了架勢，準備搏鬥。雅典娜來到他旁邊，使得他的身體顯得越發魁梧。在場的人們看了，吃驚地相互議論道：

"沒想到這老頭兒身子骨那麼結實。'跑腿的'恐怕要吃虧，會給揍得再也跑不動啦。"

奧德修暗暗考慮着，要是使勁給他一拳，叫他當場喪命，就怕那幫求婚子弟會認出他來。所以他手下留情，只在"跑腿的"耳朵下面，輕輕地給了他一下。就這樣，他的骨頭還給打碎了呢，嘴裡也鮮血直流。他咕咚一聲倒在地下，亂踢亂端。奧德修拽着他的一條腿，把他拖到門外，對他説：

"以後你不要再對外鄉人和叫化子逞能啦。不然的話，你還有更大的苦頭吃呢！"

奧德修把他那淨是破窟窿的背包搭在肩上，又去坐在門坎上。安提諾在他面前擺了個烤得香噴噴的大羊肝。安菲諾謨從籃子裡取出兩塊麥餅給他，並用金燦燦的酒杯向他敬酒説：

"老爹，祝賀你！但願你以後能交上好運。"

奧德修説：

"安菲諾謨，我看你是個明白事理的人。我發現這些求婚子弟們的行為越了軌。我勸你趕快回家去，不要跟着他們一道起哄。不然的話，這家的主人回來後，你也會跟着倒霉。"

奧德修説罷，將半杯酒灑在地下敬神，把剩下的一仰脖兒喝了。然後把酒杯交還給那位王子。安菲諾謨心下有些嘀咕，卻沒有接受奧德修的權告。他又回到原來的座位上了。

這幫求婚人繼續尋歡作樂，在音樂伴奏下，蹦蹦蹦蹦蹦蹦蹦蹦蹦地跳起舞來，一直鬧到天黑。於是他們在大廳裡擺上三隻火盆，點燃了木柴。火光把整座大廳照得亮堂堂的。女奴們輪流往火盆裡添木柴。

為了考驗女奴們愛護不愛護主人，奧德修說：

"你們的主人既然出了遠門，多少年沒回來，你們就去陪陪王后吧。這些火盆，由我來照料。"

女奴們只是笑笑，互相遞遞眼。有個叫美蘭多的，卻挖苦奧德修道：

"你這個老流浪漢，你打敗了那個叫化子，就沖昏了頭腦嗎？總會有個比他有力氣的人，把你揍得鮮血淋漓，管叫你吃不了，兜着走。"

奧德修瞪着她說：

"臭丫頭片子，我要向帖雷馬科告狀，他會把你打成肉醬！"

女奴們嚇得一溜煙都逃走了。

這時尤呂馬科對奧德修說：

"外鄉人，你願意不願意給我幹活？就怕你懶得賣力氣。你只想到處討飯，來填你那永遠吃不飽的肚子。"

奧德修氣得罵了他幾句。尤呂馬科抓起腳凳就朝他扔過去。機智的奧德修趕緊蹲下來，腳凳從他的頭頂擦過去，打在另一個人身上。那個人嗚地哼了一聲，仰面朝天倒在塵埃裡了。

那些求婚子弟抱怨說，這一切紛爭，都是那個外鄉人惹起來的。帖雷馬科就對大家說：

"你們既然都吃飽了，就回家睡覺去吧，不要再在這兒鬧啦。”

帖雷馬科的口氣這麼硬，使大家頗為驚訝。

安菲諾謨出面調停說：

“本來就不該欺負外鄉人，咱們敬了神就回家安歇吧。”

於是，人們就照他的話辦了。

19. 尤呂克累認出主人

那些求婚人剛一走掉，奧德修就對帖雷馬科説：

"帖雷馬科，把那些兵器全收起來吧。要是那幫人問你兵器哪兒去了，你就哄他們説：我怕你們喝醉了酒會動武，那就太不光彩了。同時，放在這兒都給煙燻黑了。"

帖雷馬科叫老保姆尤呂克累去把女奴都關在後面的下房裡。因為他要把他父親的兵器都收進庫房，不能讓她們知道。尤呂克累問道：

"你總得留個女奴，替你拿着火炬照亮呀。"

帖雷馬科説：

"這位客人可以替我拿火炬。我總不能讓他白吃我家的飯，不幹活呀。"

於是尤呂克累就把女奴住的下房的門關嚴了。

這時候，帖雷馬科説：

"爹，你看多奇怪，這殿堂多亮呀。板壁、屋樑和柱子都發出光彩。難道是有一位天神在這兒嗎？"

帖雷馬科説得一點不假。雅典娜正在前面舉着一盞金光閃閃的神燈，給他們照亮哪。不過，凡人是看不見天神的，除非天神願意顯現給他。

奧德修説：

"你不要亂問。天神自然會安排一切。"

於是父子二人迅速地把那些盔甲、圓盾和銅矛一古腦兒收進庫房。然後奧德修就叫兒子去把下房的門打開，並回屋去睡覺。他一個人留在殿堂裡。

潘奈洛佩聽説求婚人都走了，就從她不輕易離開的樓上下來了。女奴們替她擺好鑲着象牙和白銀花飾的椅子，把客人用過的杯盞收走。

美蘭多又嘲笑奧德修道：

"你已經吃了那麼多，怎麼還不滾蛋？小心有人要用火把打你的腦袋！"

奧德修憤憤地罵了美蘭多一頓。潘奈洛佩也責備她的女奴一向不規矩，遲早要吃苦頭的。

接着，潘奈洛佩叫尤呂克累給奧德修端一把椅子來，還替他鋪羊皮。她有很多話要問這個老人。

潘奈洛佩想知道來客的姓名和身份，以及他認不認得奧德修。

奧德修說：

"我叫克諾索，生在克里特島上最大的城市諾索。我父親叫丟加里翁，是這座城市的王。我哥叫伊多曼留。二十年前，他率領一支船隊，動身到特洛伊去了。奧德修也參加了遠征軍，他的船隊在海上遇到風暴，就把船停泊在克里特的港口，進城來找我哥哥。

那時候，我哥哥已離家十來天啦。我就留奧德修和他的夥伴們在我家住下。我替他們宰了牛，還用美味的麥餅和甜酒來招待他們。他們一共住了十二天。到了第十三天，風平浪靜了，他們才朝特洛伊駛去。"

奧德修把許多假話編得有鼻子有眼睛，潘奈洛佩聽得淚流滿面。奧德修看到妻子哭得這麼傷心，也不免動了感情，卻連一滴眼淚也沒流。

潘奈洛佩盡情地哭了一場，就問客人道：

"你還記得當時我丈夫穿的是甚麼衣服嗎？跟他一起去的夥伴，長得甚麼樣？"

奧德修說：

"他身上穿的襯衫非常滑溜，像乾葱一樣輕飄飄的，而且閃閃發光。他最信任的夥伴叫尤呂巴提，那個人有點駝背，黑臉膛，頭髮是鬈曲的。"

原來那件襯衫正是潘奈洛佩給奧德修準備的。奧德修去遠征的時候，潘奈洛佩親自交給了他。潘奈洛佩也知道，奧德修和尤呂巴提最合得來，於是她對陌生人那番話就信以為真。

化裝成陌生人的奧德修又繼續說下去：

"請你不要哭了。我最近聽說，奧德修很快就要回來了。他到多杜尼去朝拜宙斯的大橡樹，好知道天神是要他公開回家鄉呢，還是悄悄地回去。"

於是潘奈洛佩高興地說：

"客人，我多麼希望這一切都能夠實現！但是我擔心奧德修不會再回來了。這樣，也就沒有人護送你上路啦。"

夜已經深了，潘奈洛佩就叫尤呂克累給奧德修洗腳。

奧德修從小是由尤呂克累照看大的。奧德修怕尤呂克累給他洗腳的時候，會發現自己腿上的傷疤，就故意坐到殿堂的幽暗角落裡。

原來，奧德修的外祖父叫奧托呂科。奧德修這個名字就是外祖父取的。奧德修十幾歲的時候，有一次去探望外祖父，和舅舅們一道打獵去，一頭野豬咬傷了他，在腿上留下一長條疤痕，運氣還好，沒傷着骨頭。

尤呂克累用雙手抬起奧德修的腿時，還是摸到了這塊傷疤。她馬上認出了主人。她驚愕得一撒手，奧德修的腳就撲通一聲落到青銅盆裡，把盆碰歪了，水灑了一地。她淚汪汪地撫摸着奧德修的下巴說：

"原來你就是我親愛的孩子奧德修呀！"

尤呂克累說罷，掉過頭去瞧瞧潘奈洛佩，想讓她知道，她的丈夫就在眼前。奧德修卻連忙制止了她，並告訴她，報仇以前，他決不能暴露自己的身份。

尤呂克累答應一定保密。她又重新打一盆水來，給奧德修洗了腳。

雅典娜使潘奈洛佩望着熊熊的爐火出神，所以她根本沒發覺這件事。尤呂克累為奧德修洗好腳，塗上橄欖油，奧德修把椅子拖到火旁來取暖。

這時潘奈洛佩對他說：

"我最近做了個夢：家裡的二十隻鵝被一隻老鷹啄死了。然後，老鷹就飛上天去了。我在夢中急得哭起來。於是，老鷹又飛回來，停在橫樑上，用人話說：

'不要哭。這是好兆頭。那些鵝是求婚的貴族。我這個鷹呢，是你丈夫。我一回家，所有的求婚人就要大禍臨頭啦。'

我醒來一看，家裡的鵝都好好的，在吃麥子哪。你說說，這場夢說明甚麼呢？"

奧德修回答道：

"這是個好夢，告訴你所有的求婚人都注定要完蛋啦。"

潘奈洛佩又說：

"我還要跟你商量一件事。他們很快要逼我離開這個家啦。奧德修曾經將十二把斧子排成一排，他能夠一箭射穿這些鐵斧柄上的環，一個也不漏。我想為那些求婚人安排一次競賽，誰要是能夠一箭射穿十二把斧頭柄上的環，我就嫁給誰。你看這個主意怎麼樣？"

奧德修回答道：

"奧德修夫人，你越早舉辦這次競賽越好。因為那些求婚人還沒來得及射穿鐵斧柄上的環，你丈夫就到家啦。"

潘奈洛佩説：

"客人，只要你肯留在我身邊給我解悶，我永遠也不會覺得睏倦。但是咱們該睡了。自從我丈夫到伊利昂去了，二十年來，我沒有一個晚上不曾哭濕了枕頭。你就在我家過夜吧：要麼打地鋪，要麼就叫女奴們給你放一張床。"

潘奈洛佩説完了話，就上樓睡覺去了。

20. 危機的預兆

奧德修不肯睡在床上。他在前殿裡鋪上牛皮和羊皮，就睡在上面。尤呂諾彌給了他一件外套，蓋在身上。他翻來覆去睡不着，一個勁兒地盤算該怎樣對付那一大幫人。

這時候，雅典娜搖身一變，變成一個婦女的模樣，出現在他枕邊，對他說：

"你快睡吧。人要是缺少睡覺，就會感到疲乏。我曾經保護你度過種種危險。放心吧，這次的災禍，你也快要擺脫啦。"

奧德修聽了雅典娜的話，心裡踏實了，不久就進入夢鄉。

帖雷馬科起床後就問尤呂克累：

"親愛的保姆，你有沒有讓客人吃好睡好？"

尤呂克累說：

"你媽讓女奴給他準備了床鋪。但是他不肯睡在床上，結果是打地鋪過的夜。他也不肯吃東西，酒倒是喝了不少。"

女奴們在尤呂克累的調遣下，辛勤地幹活兒。有的擦飯桌，有的刷洗杯盞，有的去打泉水。過一會兒，求婚人就要成群結隊地來了。

豬倌尤邁奧趕着三頭最肥的公豬進了院子。他友好地問奧德修道：

"那些貴族少爺對你好些了嗎？還是照樣瞧不起你？"

奧德修回答說：

"那些狂妄的傢伙在別人家鬧得太不像話啦。我真巴不得他們遭到報應。”

這時，美蘭修趕着幾隻最好的山羊來了。那是給求婚人吃的。他挖苦奧德修道：

“你怎麼還沒討夠飯哪！你大概非得捱我幾拳，才捨得走吧！”

奧德修沒有搭理他，只是默默地琢磨着該怎麼報仇。

第三個來到的是牛倌菲洛依調。他把供求婚人宰來吃的牛繫在廊裡，然後就走過來，問豬倌道：

“這位外鄉人是誰呀？別看他外表這麼寒酸，舉止卻像個王侯哩！”

接着他就來到奧德修身邊，和藹可親地說：

“老爹，我希望你遲早交上好運。我一看到你，就想起了我的主人奧德修。如果他還活着，恐怕也像你這樣穿得破破爛爛，到處漂流呢。我還年輕的時候，奧德修就讓我在刻法利替他放牧牛群。如今，牛繁殖得數都數不清，那些貴族少爺卻任意宰來吃。”

奧德修說：

“我看你這個人心腸好，頭腦也清楚，所以我告訴你一條消息：奧德修馬上就要到家啦。你要是願意的話，就可以看看那幫貴族少爺怎樣人頭落地。”

牛倌說：

“但願你的話能夠應驗。到了那一天，你就知道我這雙手有多大本領啦！”

這當兒，貴族少爺們陸陸續續進來了。他們動手宰牛羊和豬，烤得香噴噴的。牛倌分麥餅給大家，美蘭修為每個人斟上美酒。

帖雷馬科故意讓奧德修大模大樣地坐在殿堂裡。他在這個老叫化子面前放一份香味撲鼻的烤肉，又在金杯子裡替他斟上美酒，並大聲說：

"你就坐在這兒跟大家一道吃喝吧。用不着客氣，因為這些家當都是我爹奧德修為我掙下的。各位要克制一下，不許吵嘴打架。"

貴族少爺當中有個薩爾島人，名字叫克提西伯。他對其他人說：

"除了這個外地人已經分到的那份烤肉，我還要送給他一份禮物。他可以轉送給奧德修家裡的奴僕或女奴。"

話音沒落，他就隨手抓起一隻牛蹄，朝奧德修擲過去。奧德修機警地把身子一閃。牛蹄砰的一聲，砸在牆上。

帖雷馬科厲聲責備克提西伯道：

"幸而你沒打中我的客人。不然的話，我就要用銳利的矛尖刺透你的胸膛！這樣一來，你不但辦不成喜事，你爹還得在這裡忙着為你張羅喪事哩！"

這時候，雅典娜使得那些求婚的貴族少爺笑歪了嘴，眼睛都淚汪汪的。

塞奧克呂曼諾對大家說：

"我看得出，你們馬上就要大禍臨頭啦。你們在奧德修家幹下那麼多壞事，等着瞧吧，你們一個也逃不脫滅亡的命運。"

塞奧克呂曼諾邊說邊走出殿堂，回到他寄住的培萊奧家去了。

有個求婚人對帖雷馬科說：

"你不如把這個老叫化子和剛才那個算命的用船送到西西里人那裡去。在那兒可以賣一大筆錢呢。"

帖雷馬科沒有理睬他。他知道他們的好日子不長了。

21. 大弓

　　這時候，潘奈洛佩在女奴的幫助下，從庫房裡取出奧德修的大弓和裝滿利箭的箭袋。這大弓是奧德修年輕時，一個好朋友送給他的。他去特洛伊遠征的時候，沒有帶走。潘奈洛佩親自拿着弓箭，女奴們抬着裝了鐵斧、長矛和利劍的箱子，一起來到求婚人所在的殿堂。

　　潘奈洛佩臉上蒙着紗，站在殿堂的門柱旁邊，對那幫求婚人說：

　　"這是奧德修的大弓。誰要是能拉上弓弦，並射穿這十二把鐵斧柄上的環，我就跟着他去。"

　　於是她吩咐豬倌尤邁奧，把弓和鐵斧佈置好。尤邁奧接過弓斧，邊嗚嗚地哭起來。牛倌看見了主人的弓，也失聲痛哭。安提諾責備他們道：

　　"他們這兩個糊塗蟲，有甚麼好哭的？要哭就到外面哭去，把弓留下，讓我們求婚人來比個高低。依我看，要想拉上這根弓弦，可不是那麼容易的事。因為在場的人，沒有一個比得上奧德修。我小時見過他，至今還記得他的相貌。"

　　他嘴上雖這麼說，心裡卻巴不得自己能拉上弓弦，射穿斧柄上的環。

　　帖雷馬科接着說：

　　"我也想來試試。如果我能成功，即使我媽離開家，跟着旁人走了，我也還能找到點安慰。因為這說明，我的力氣已經大得可以使用我爹的武器啦。"

　　帖雷馬科邊說邊脫下紫色袍子，挖了一道筆直的長溝。他在斧頭與斧頭之間留出一定的距離，一把一把地豎在溝裡，並在斧頭周圍填上土。他從來沒見過誰這麼做，可是弄得整齊利索，大家見了，不由得暗暗叫好。

帖雷馬科三次拿起大弓，每一次都拉動了弓弦。可是臨到節骨眼兒上，因氣力接不上而失敗了。第四次他使足了勁兒，眼看就要拉滿了弓弦。奧德修卻朝他使了個眼色，不讓他繼續拉。帖雷馬科只得假裝泄了氣，邊放下弓，邊說：

"唉，看來我不過是個窩囊廢，也許我太年輕啦。你們來試試吧，看看誰能贏。"

第一個站起來的是萊奧底，他根本拉不動。

安提諾叫美蘭修生起火，把油脂放在火上烤化了，塗在堅硬的弓上。他以為這樣就容易拉動一些。但是他使出了吃奶的力氣，也沒能拉動一分一毫。別人都放棄了，只有安提諾和尤呂馬科不死心，一遍遍地試着。

這當兒，牛倌和豬倌離開了殿堂，奧德修就跟了出去。走到院子裡以後，他乖巧地問他們道：

"要是奧德修忽然回來了，你們是站在他這邊呢，還是站在求婚人那邊？"

牛倌和豬倌都說，他們當然會為奧德修出力。

於是奧德修告訴他們，他就是他們的主人，並把破衣服撩開，讓他們看他腿上那條長長的傷疤。兩個家奴高興得抱住奧德修，大聲哭開了。奧德修勸他們不要哭，免得引人注意。他叫豬倌尤邁奧回頭找個機會，把弓箭交到他手裡，並讓豬倌命令女奴們把房門關好，呆在屋裡幹活，聽到殿堂裡有甚麼響動，也不許跑出來。他還關照牛倌菲洛依調將外院的門上好閂，再用繩子綁牢。

奧德修說完，就先進了殿堂。兩個家奴隨後也進去了。尤呂馬科和安提諾怎麼拉也拉不動，就丟下弓，正在那兒喝酒呢。

奧德修故意對大家說：

"你們也讓我試試好不好？過去我身子骨挺結實，可是說不定現在已沒有那麼大力氣啦。"

大家怕他能拉滿那張弓，都不肯讓他試。安提諾還惡聲惡氣地罵他。

豬倌悄悄地拿起弓和那袋箭，想把它們遞給奧德修。那幫求婚人卻大聲嚷嚷着，阻攔他。他嚇得把弓箭放在地下了。帖雷馬科卻理直氣壯地說：

"尤邁奧，你把弓箭拿走，你不能任何人的話都聽。你要是不照我的話辦，我就用石頭砸你！"

於是豬倌重新拿起弓箭，走過去，把它們遞給奧德修。他還小聲吩咐保姆尤呂克累，去把女奴們的房門關好，叫她們呆在屋裡幹活，聽見殿堂裡有甚麼響動，也不許出來。尤呂克累就照他的話去辦了。菲洛依調也早已溜出殿堂，把外院的門上好閂，再用棕繩將門閂綁得結結實實的。然後他又回到殿堂裡，兩眼盯着奧德修。

奧德修拿起他心愛的弓，細細檢查，看看它是否還像二十年前那樣好使。

那幫求婚人七嘴八舌地議論着。有的說：

"他還顛過來倒過去地看哪，倒像是個行家哩。也許他過去也用過這樣一張弓，不然就是打算照樣製作一張。"

也有的說：

"像他這麼個人還想拉弓，太不自量啦。咱們看看他會落個甚麼下場吧。"

奧德修把大弓的各個部位都檢查完了。然後，就像琴師調音的時候從琴上挑起一根弦那樣，一點不費力氣就把那張硬弓拉了個滿月。

他用右手試了試弓弦，弓弦清脆地響了一聲。那幫求婚人嚇得臉色都刷地白了。他從箭袋裡抽出一支箭，搭在弓背上，拉開弓弦和箭搭，嗖的一聲射了出去。那支箭準確地射穿了十二把鐵斧柄上的環。

奧德修朝帖雷馬科點了點頭，大聲說：

"咱們該給滿堂賓客準備晚飯啦！"

帖雷馬科會意，馬上掛上利劍，抓起長矛，在奧德修身旁站好。

22. 殿堂裡的戰鬥

　　這時奧德修甩掉他的破衣服，跳到巨大的門坎上。他手裡拿着弓，把一袋箭一古腦兒倒在自己的腳跟前。他朝着那幫求婚人嚷道：

　　"我已經在競賽中得勝了。還有一個沒有人試過的目標。現在，我來看看在阿波羅的幫助下，我是不是也能成功。"

　　説時遲，那時快。安提諾正雙手舉起一隻雙耳金杯，仰着脖兒喝酒呢，奧德修那支利箭早已射穿了他那細皮嫩肉的脖子。安提諾咕咚一聲倒在地下，鮮血咕嘟咕嘟地從鼻孔裡往外冒。

　　那幫求婚人在殿堂裡亂躥，但是哪裡也找不到盾牌或長矛。牛倌和豬倌已經用箱子裡剩下的兩把利劍武裝起來了。

　　求婚人朝着奧德修破口大罵道：

　　"你這個混蛋，你射死了伊大嘉最高貴的公子，等着瞧吧，老鷹不把你吃了才怪呢！"

　　這些傢伙糊塗了。他們做夢也沒想到，奧德修是故意射的，而同樣的命運也正等待着他們每一個人。

　　奧德修惡狠狠地瞪着他們，大吼道：

　　"我就是奧德修！你們喪盡天良，我還活着，你們竟膽敢向我的妻子求婚，任意揮霍我的財產！天網恢恢，你們今天注定要滅亡啦！"

　　尤呂馬科對大家説：

　　"大家拔出劍來，一起攻擊他！"

　　他邊説邊拔劍出鞘，衝着奧德修撲去。這當兒，奧德修已射出第二支箭，穿進了他的肝臟。他貓着腰倒下去，疼得腦袋像搗蒜般地滿地亂撞，兩腳死命地踹來踹去，把椅子都踢翻了。過一會兒，他就嚥了氣。

安菲諾謨也拔出利劍，朝奧德修衝去，想把他從門口趕開。帖雷馬科冷不妨從背後用鋒利的矛刺中了他的脊梁，一直穿透了他的胸脯。他馬上倒下去，喪了命。

帖雷馬科怕拔矛的時候遭到襲擊，所以就聽任它留在安菲諾謨身上。他一個箭步躥到奧德修身旁說：

"爹，我得去取些盾牌、長矛和銅盔來！有了裝備，勝利的把握就更大一些。"

奧德修説：

"我現在還可以用箭來自衛，你可抓緊一點呀！"

奧德修的箭百發百中，求婚人一個接一個地倒下去。

帖雷馬科飛快地從庫房取來了四個盾牌、八支長矛和四套盔甲。於是帖雷馬科和兩個家奴就披甲戴

盔，手拿雙矛，把盾牌掛在肩上。

奧德修把箭用完後，也全身披掛起來。他越發顯得英姿瀟灑，那些求婚人見了，嚇得縮作一團。

羊倌美蘭修死心塌地地為求婚人賣命。他偷偷摸摸地溜進奧德修的庫房，取來了十二套盔甲、十二個盾牌和二十支長矛，交給他們。

奧德修忽然發現，一部分敵人已武裝起來了，這下子戰鬥更艱巨了。帖雷馬科猛地想起，剛才他離開庫房的時候，匆忙間忘了鎖門，結果讓敵人鑽了空子。他們看見美蘭修鬼頭鬼腦地從殿堂裡溜出去，就派兩個家奴跟蹤他。正當美蘭修從庫房裡再一次取出盔甲和盾牌的時候，兩個家奴撲過去，對他飽以老拳，並把他五花大綁，用繩子懸掛在樑木上。

兩個家奴鎖好庫房的門，回到堂上一看，奧德修父子仍守在門口。那幫求婚的貴族少爺人多勢眾，也相當勇猛。一場短兵相接的肉搏戰馬上就要開始了，殿堂裡瀰漫着緊張的氣氛。

這當兒，女神雅典娜搖身一變，借着曼陀的形象出現了。奧德修心裡明白這準是雅典娜的化身，他馬上說：

"曼陀，你來得正好，快來幫我們抵抗他們的進攻吧。"

求婚人當中有個叫阿格勞的，威脅道：

"曼陀，你要是敢和我們為敵，我們一旦消滅了奧德修和你，就把你和他的財產一道沒收，還把你的妻子兒女全都趕出伊大嘉城。"

雅典娜想試試奧德修父子的勇氣，所以沒有立刻幫他們打。她只是用話激勵了他們一番，就變成一隻燕子，停在殿堂高高的樑上。阿格勞對全體求婚人說：

"瞧，曼陀給咱們嚇跑了。咱們六個人先進攻，其他人等會兒再投長矛。"

這六個人指的尤呂洛謨、安菲彌東、狄摩普托勒謨、培桑德、波呂伯和阿格勞本人。他們是倖存的人們當中最勇敢的幾個。但是他們擲過來的長矛都落了空。奧德修等四個人投出去的利矛則很準，把他們一個個都刺死了。

這時，雅典娜舉起她那致命的神盾，高高地懸在殿堂的天花板上。求婚人見了，嚇得像沒頭的蒼蠅似的到處亂躥。奧德修等四人追在後面砍殺。不一會兒，滿地都倒着屍體，鮮血流成了河。

樂師菲彌奧曾被迫給求婚人奏樂唱歌甚麼的。現在他抱住奧德修的膝蓋，苦苦哀求，饒他一條命。帖雷馬科也趕過來，替他和使者彌東説情。帖雷馬科還説，他小時候，樂師一直照料他。

奧德修就笑着説：

"你們快躲到院子裡去吧，免得誤傷了。你們去告訴別人：做點好事，比幹壞事強多啦。"

奧德修把殿堂的各個角落認認真真巡邏了一遍。他弄清求婚人確實統統死光了，才放心。

於是，奧德修叫帖雷馬科把尤呂克累喊來。奧德修問她，女奴當中有沒有不守本分的。尤呂克累説，五十個女奴當中，有十二個不尊敬主人，做出了無恥的勾當，其中自然包括美蘭多。這十二個婦女，和懸掛在庫房樑木上的美蘭修，都被無情地殺死了。

奧德修叫奴僕們把殿堂裡的屍體搬到院子裡，把地下的血跡刷洗乾淨，用硫磺燻了一遍，才和大家坐下來談話。他認得出每一個人，激動得真想放聲大哭一場。

23. 奧德修和潘奈洛佩

　　尤呂克累開心地笑着，上樓去告訴女主人，她那親愛的丈夫已經回家，並把那些傲慢的求婚人一個不剩地都給殺死了。潘奈洛佩生氣地説：

　　"你為甚麼要拿這樣的事跟我開玩笑？你上了歲數，我對你客氣一些。要是換個人，我早就把她趕出去了。"

　　尤呂克累説：

　　"奧德修真的回來了。他就是那個在堂上受盡欺負的外鄉人。帖雷馬科早就知道這是他爹了，為了成功地報仇雪恨，他才瞞着你的。"

　　潘奈洛佩聽了，高興地從床上跳下來，緊緊抱住老保姆。那眼淚就像斷了線的珠子，撲簌簌掉了下來。她問道：

　　"他空着兩個巴掌，怎麼對付得了那麼一大群人呢？"

　　尤呂克累説：

　　"我們隔着門，聽見了那些被殺的人狼嚎鬼叫的，嚇得動也不敢動。等到帖雷馬科喊我進去的時候，殿堂裡已堆滿了屍體。現在屍體已經搬出去了，地也刷洗乾淨了。他叫人生起火，正在燻殿堂呢。"

　　潘奈洛佩還是半信半疑。她説；

　　"依我看，殺死那些傲慢的求婚人的，也許是哪位天神吧。奧德修怎麼可能回來呢？他早就死掉啦。"

　　尤呂克累回答道：

　　"他剛到的那天晚上，我給他洗腳的時候，發現了他腿上的那道傷疤，就認出他來了。但是他用手捂住我的嘴，不許我説出來。快下樓去吧。"

潘奈洛佩這才慢慢吞吞地跟着尤呂克累下了樓，默默地坐在奧德修對面。她遲遲疑疑地坐了半響，凝眸看着他，但又不敢馬上相認。連帖雷馬科都責備她說：

"媽！你怎麼對爹這麼冷淡？你的心腸簡直比石頭還硬。"

潘奈洛佩說：

"我兒，如果真是你爹回來了，我會認得出他來的，我有個暗號，除了我和他，誰也不知道。"

奧德修笑吟吟地對帖雷馬科說：

"讓你媽慢慢考驗我吧，她不久就會弄明白的。還有一件事，咱們得好好考慮一下。不論誰殺了人，就得背井離鄉逃到遠處去。現在咱們殺了伊大嘉的一大幫地位最高的年輕人，這可不是件小事情。"

帖雷馬科回答道：

"爹，大家都說，你最善於出謀劃策。主意還是你來拿吧。"

奧德修說：

"那麼，咱們先洗個澡，換上好衣服。讓女奴們也打扮得漂漂亮亮的。再請樂師奏樂，舉行一場歡樂的歌舞。人們隔着牆聽見了，都會以為是在辦喜事哪。這樣，就可以暫時瞞住求婚人被殺的消息。咱們再到莊園去躲一躲。考慮該怎麼辦。"

果然，過路的人和左鄰右舍聽見嘹亮的琴聲和跳舞的腳步聲，就紛紛議論道：

"看來有人終於跟王后結婚了。她不肯等丈夫回家，太沒心肝啦！"

這些人都蒙在鼓裡，完全不了解事情真相。

女管家尤呂諾彌給奧德修洗了澡，在他身上塗了些橄欖油，又給他穿上漂亮的襯衫和外套。雅典娜在他周身灑上一層光彩，使他越發英俊魁偉。他對潘奈洛佩說：

"你真是奇怪的女人。我在外面受了許多苦，過了二十年才回來，你卻對我不理不睬。"

他又轉過身來，對尤呂諾彌說：

"管家，你這會子就替我鋪床吧。我要單獨睡，因為我的妻子簡直是個鐵石心腸的女人。"

潘奈洛佩為了試探丈夫，故意對尤呂諾彌說：

"奧德修自己做的那張床，咱們不是已經搬到臥室外面去了嗎？你就替他在那床上鋪上褥子、毯子和羊皮吧。"

奧德修聽見這話，馬上氣衝衝地對潘奈洛佩說：

"你說甚麼？你把我的床搬開了？當初，院子裡長了一棵橄欖樹。我那間臥室是圍着樹造的。我把樹梢砍了，把樹身做成一根床腿。所以我的床是紮根在地裡，誰也搬不動它。難道有人把樹砍了嗎？"

潘奈洛佩說：

"親愛的奧德修，誰也沒有搬動那張床。我為了弄清楚你究竟是不是我丈夫，才故意這麼說的。因為除了我以外，就只有我丈夫知道橄欖樹的秘密。"

潘奈洛佩終於相信，坐在她對面的人確實是她丈夫了。她流着淚跑過去，吻他的頭，對他說：

"奧德修，不要生我的氣。我生怕有甚麼人編瞎話來騙我，所以才那麼謹慎。要是赫連妮早知道阿凱人會為了她的緣故，打那麼多年的仗，她也不會跟一個外國人跑了。咱們的一切不幸遭遇都是從那時候開始的。現在我終於真正相信是你了。"

於是奧德修把他漂泊的經過詳詳細細地講給潘奈洛佩聽。他怎樣打敗吉康人，怎樣扎瞎獨目巨人的眼睛，為夥伴們報仇；怎樣到陰間，向泰瑞西阿的鬼魂打聽消息；怎樣聽到賽侖島的悅耳的歌聲；怎樣從可怕的斯鳩利跟前逃走；他的夥伴們怎樣殺了太陽神的牛，全部死在海上；他一個人怎樣死裡逃生，被女神卡呂蒲索扣留了七年。最後又怎樣來到淮阿喀亞人那裡，他們送給他很多禮物，用船送他回鄉。

　　奧德修講完的時候，東方的天空已經泛白。他只打了個盹兒，就起床了。他對潘奈洛佩說，他要到莊園上去看他的父親。

　　於是，奧德修把帖雷馬科和牛倌、豬倌叫醒了。他們四個人披甲戴盔，拿起兵器出發了。

　　這時，天光已經大亮。但是雅典娜用神霧把他們籠罩起來。免得他們讓人看見。女神將他們平平安安地送出了城。

24. 和解

　　奧德修父子和兩個家奴不久就來到拉埃提的莊園。這是老拉埃提辛辛苦苦經營起來的一片產業。他的房子周圍有幾座窩棚，裡面住着奴僕們。有個西西里籍的老太婆，照顧這位老人的生活。拉埃提不在屋裡，他到葡萄園去了。

　　奧德修對他的兒子和家奴説：

　　"你們進屋去，宰一口肥豬，準備飯菜。我去探望我爹。"

　　他説罷，把盔甲兵器交給家奴，他們就進屋去了。他來到葡萄園的時候，看見拉埃提正在給一株幼苗鬆土。拉埃提悶悶不樂，穿得破破爛爛，頭上戴一頂山羊皮小帽。奧德修看到他神情那麼沮喪，不覺滾下淚來。他走到拉埃提跟前，問道：

　　"你是哪家的奴隸？管理的是誰家的果園？我還想知道，這個地方是不是伊大嘉。我在故鄉接待過一位來客，他説他是從伊大嘉來的，父親叫拉埃提。我熱情地接待了他，留他住了好多天。臨分手的時候，我還送給他七個金元寶，外套、袍子、斗篷，每樣十二件，還有十二條毯子。"

　　拉埃提流着淚回答道：

　　"你説的這個人就是我那個倒霉的兒子。你是多少年前招待他的？"

　　奧德修説：

　　"那是五年前的事了。"

　　拉埃提聽了，不斷地歎氣，抓起灶灰，灑在自己的灰白的頭髮上。奧德修難過得鼻子一酸，猛地跑過去抱住他父親，連連吻着他說：

"爹，不要傷心啦，我就是你的兒子，我已經把那些可惡的求婚人統統殺死了。"

拉埃提說：

"你如果真是我的兒子奧德修，你就得給我點兒憑證，我才相信。"

奧德修露出那道傷疤給拉埃提看，並且說：

"你可以親眼看看這個傷痕。這是我去探望外公奧托呂科的時候，被野豬咬傷，留下的疤。另外，我小時候，你給過我十三棵梨樹、十棵蘋果樹、四十棵無花果樹。你還答應給我五十棵葡萄樹。"

拉埃提仔細看了看奧德修腿上的傷疤，又聽了這番話，這才相信站在面前的果真是自己的兒子。他伸出雙臂，緊緊摟抱着奧德修。接着他又表示憂慮，怕那些遇害的求婚人的家屬會來報仇。

奧德修叫他放心，並陪他回屋去吃午飯。那個西西里籍的老太婆給他洗了澡，塗上橄欖油，換上漂亮的袍子。雅典娜來到他身邊，使得他容光煥發，儀表堂堂。

他們正在莊園上吃午飯的時候，求婚人遭到殺害的消息已經傳出去了，鬧得滿城風雨。死者的家屬來到奧德修家的門口哀掉死者，並把屍首抬出去埋葬。那些海外來的求婚人的屍體，是用船運回去的。

然後，死者的家屬聚在一起開會，商量該怎麼辦。安提諾的父親流着淚提出，要為死者報復。使者彌東卻告訴大家，奧德修是在永生天神的幫助下，殺死那幫求婚人的。

大家聽了，嚇得臉色刷地白了。但大多數人還是跟着尤培塞去攻打奧德修。

雅典娜從高高的奧侖波山上往下望，她看到這副情景，就問宙斯道：

"天父啊，你是準備讓他們繼續戰鬥下去呢，還是讓雙方消除宿怨？"

宙斯回答道：

"既然奧德修已經報了仇，就讓大家發誓，永遠立他為王好了。我們還要叫他們忘記子弟被殺的事，讓他們還像從前那樣安居樂業吧。"

奧德修等人剛剛吃完飯，就看見尤培塞已經率領一隊全副武裝的戰士，浩浩蕩蕩衝過來了。

雅典娜又搖身一變，借着曼陀的形象顯現了，奧德修看了，非常高興，就鼓勵兒子好好打，不要給老祖宗丟臉。老拉埃提和兒孫一道參加戰鬥，更是興高彩烈。

雅典娜對他說：

"你應該向雅典娜和宙斯禱告，然後拿起長矛，投出去。"

老人照女神的話做了。他投出去的銳矛，刺穿了尤培塞護頰的銅盔。尤培塞咕咚一聲倒了下去。

奧德修父子衝過去，用利劍和雙鋒的短矛刺殺敵人。要不是雅典娜出面阻攔，他們會把敵人一古腦兒消滅光的。雅典娜大喝一聲道：

"伊大嘉人，不要再打下去啦！"

敵人聽見女神的聲音，嚇得丟下手中的武器，朝城市的方向逃跑。奧德修像一隻老鷹一樣，向他們撲去。這時，宙斯降下冒着火焰的霹靂，落在女神跟前，雅典娜對奧德修說：

"奧德修，趕快停止！宙斯要求和平，讓這場戰鬥不分勝負好了。不然的話，宙斯要發脾氣啦！"

　　勝利者奧德修馬上聽從了雅典娜的話。就這樣，女神雅典娜借着曼陀的形象，為雙方訂立了和解的協定。

古代航海專家腓尼基人

《奧德修》提到腓尼基人：他們曾行船到奧德修豬倌的故鄉，做了一年生意後，裝貨上船，並拐帶走他；奧德修也曾虛構自己搭乘一條腓尼基海船，逃離克里特。荷馬時代，腓尼基是稱霸地中海的強大海上民族，影響遍及希臘各城邦。荷馬史詩中不少關於古代航海探險的內容，都來自腓尼基人的航行。

早在公元前三千年左右，今天地中海東岸的黎巴嫩和敍利亞沿海一帶，已形成商業城邦國家，古稱迦南，亦即《聖經》稱"應許以色列人居住之地"。公元前九世紀，希臘人開始稱它為"腓尼基"，意為"紫紅國度"。腓尼基人是古代西方世界最出色的航海家，早在公元前二千五百年，腓尼基人依靠豐富的航海知識，勇敢地告別故鄉，進行海外冒險生涯。他們駕駛狹長的木船踏遍地中海每一個角落，贏得"海上騎手"的美譽。腓尼基人世代與狂濤巨浪搏鬥，是他們發現直布羅陀海峽，又沿歐洲海岸到達英格蘭，並深入到波羅的海；他們還曾到過分隔亞洲和歐洲的達達尼爾海峽。相傳，

腓尼基字母

大約在公元前一千六百年左右，腓尼基航海家們還完成了一項航海史上里程碑式的航行——環繞非洲一周的遠航，這比近代葡萄牙人達‧伽馬

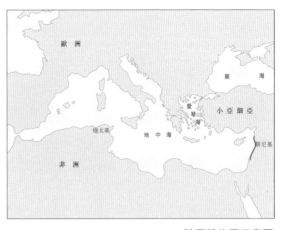

腓尼基位置示意圖

開闢非洲航路要早兩千多年。

　　腓尼基人不僅是西方最早的海上探險家，也是商業探險的肇始者。腓尼基人在地中海沿岸建立的許多商站或殖民地，後來成了著名的商業城市，如今天法國的馬賽，有些城市當年還是強大的城邦國家，非洲北部迦太基（今突尼斯境內）是它最大的殖民地，曾經一度讓羅馬人膽戰心驚。

　　腓尼基人另一偉大貢獻是創造了人類歷史上第一批字母文字，它們是今天歐洲許多文字的共同祖先。早在公元前一千五百年，腓尼基人由於航海和貿易的需要，就開始使用簡便易寫的字母文字。這種文字是楔形的，有二十二個輔音字母，但沒有母音字母。每個輔音字母都可以讀出幾種不同的發音。大約在公元前十世紀，古希臘人接受了腓尼基字母，再加上母音發展成為古希臘字母文字。古希臘文字後來又傳入意大利半島，形成了拉丁字母體系。

一、你明白嗎？

1. 奧德修是淮阿喀亞人護送的（　）外鄉人。

   a. 第一個　　b. 最後一個　　c. 無法統計　　d. 唯一一個

2. 向求婚者復仇時，奧德修的機智和果斷發揮到極致。請將下列事件按時序排列，看看奧德修怎樣一步步完成復仇計劃。

   （　）裝扮成乞丐混入王宮

   （　）回到故鄉

   （　）夫妻夜會相逢不相識

   （　）投靠可靠的豬倌

   （　）消滅求婚者大快人心

   （　）擊倒惡乞丐初顯神威

   （　）夫妻相認

   （　）父子相認共商復仇大計

   （　）射箭比賽技壓群雄

3. 下列人物在奧德修復仇的過程中起了怎樣的作用？請將下列對應的人物、事件連線配對。

人物	對待奧德修的態度
豬倌　●	● 改變奧德修的模樣，促成父子相認
牛倌　●	● 嘲笑喬裝成乞丐的奧德修
女奴　●	● 熱情收留喬裝成乞丐的奧德修
智慧女神　●	● 挑釁裝成乞丐的奧德修，反被教訓
叫花子　●	● 幫助奧德修向他妻子隱瞞真實身份
羊倌　●	● 為求婚子弟拿武器對付奧德修
老保姆　●	● 協助奧德修父子殺死求婚的貴族

二、想深一層

1. 下列西方名著中與奧德修復仇有相似主題的是（　　　）。

　　a. 羅密歐與朱麗葉　　b. 巴黎聖母院　　c. 哈姆雷特　　d. 悲慘世界

2. 奧德修的復仇，情節有張有弛：不僅有高潮迭起的報仇步驟，也有細膩動人的感情描寫，使情節豐富而曲折。試根據內文理解，將下列兩條線索梳理出來，並將簡要情節填入表中。

地點	線索1：復仇	線索2：奧德修的情感
伊大嘉海岸	奧德修與智慧女神： 例：<u>雅典娜把奧德修化裝成乞丐</u>	奧德修與故鄉： 例：<u>熱切地想知道是否已回到故鄉，又心存謹慎，不願暴露自己的身份。</u>
尤邁奧的窩棚	奧德修父子： a _____	奧德修與豬倌： <u>尤邁奧熱情招待"乞丐"，奧德修看到豬倌的忠心，十分高興</u>
		奧德修父子： b _____
王宮殿堂	奧德修與求婚子弟： <u>求婚子弟沒有認出化裝成乞丐的奧德修，嘲笑、毆打他。</u>	奧德修與愛犬： c _____

	奧德修與惡丐： d	奧德修與保姆： e
	奧德修與大弓： f	奧德修與妻子： g
莊園	奧德修與求婚者家屬： 奧德修遭到求婚子弟家屬報復，在雅典娜調解下雙方和解。	奧德修與父親： h

其中，線索1的高潮發生在 ＿＿＿＿＿＿；線索2的高潮發生在 ＿＿＿＿＿＿

3. 閱讀下列描述奧德修的句子，找出刻畫人物的手法

（1）他那光潤白皙的皮膚，立即變得皺巴巴的，金黃的頭髮一下子掉光了。腰彎了，背也駝了。炯炯有神的眼睛，渾濁無光了。（a.外貌 /b.動作 /c.語言 /d.心理 /e.場景）

（2）奧德修暗暗考慮，要是使勁給他一拳，叫他當場喪命，就怕那幫求婚子弟會認出他來。（a.外貌 /b.動作 /c.語言 /d.心理 /e.場景）

（3）他從箭袋裡抽出一支箭，搭在弓背上，拉開弓弦和箭搭，嗖的一聲射了出去。那支箭準確地射穿了十二把鐵斧柄上的環。（a.外貌 /b.動作 /c.語言 /d.心理 /e.場景）

（4）奧德修撲簌簌地掉下淚來，吻着帖雷馬科，説：“我不是甚麼天神，是你的父親。”（a.外貌 /b.動作 /c.語言 /d.心理 /e.場景）

（5）那幫求婚的貴族少爺人多勢眾，也相當勇猛。一場短兵相接的肉搏戰馬上就要開始了，殿堂裡瀰漫着緊張的氣氛。（a.外貌 /b.動作 /c.語言 /d.心理 /e.場景）

三、延伸思考

1. 奧德修復仇的故事驚心動魄，極富戲劇性。請從下列兩個場景中選一個，將相應的故事情節改寫為劇本，通過排演小短劇，體會人物的個性特點和心理活動。

（1）**主題**：父子團圓　　**地點**：尤邁奧的窩棚　　**主要人物**：奧德修、帖雷馬科

　　排演需注意：把握父子相認與策劃復仇計劃時不同的人物情感

（2）**主題**：向求婚者復仇　　**地點**：宮殿大廳　　**道具**：弓箭

　　主要人物：潘奈洛佩、奧德修、帖雷馬科、求婚者萊奧底、其他求婚者 2~3 人

　　排演需注意：場景設置、如何通過動作反映主人公的勇猛

趣味重溫（1）

一、 你明白嗎

　　1. c　　　　2. c, d, f　　　3. d

二、 想深一層

　　1.

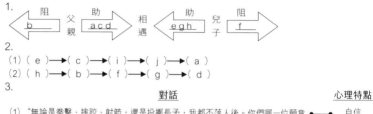

阻 b ← 父親 → 助 a c d → 相遇 ← 助 e g h → 兒子 → 阻 f

　　2.

　　(1)（e）→（c）→（i）→（j）→（a）

　　(2)（h）→（b）→（f）→（g）→（d）

　　3.

對話		心理特點
(1)"無論是拳擊、摔跤、射箭、還是投擲長矛，我都不落人後。你們哪一位願意來跟我比個高低，我都不怕。"	● ——— ●	自信
(2)"你雖然外表還像個樣子，説話卻不知輕重，説明你很糊塗。你把我惹急了，我馬上就來和你們較量較量。"		由衷感激
(3)"姑娘，我怎麼能忘記你的救命之恩呢？我要是能回到家鄉，就像是對天神那樣永遠奉你一輩子。"		思鄉心切
(4)"可敬的阿瑞提阿，我漂泊異鄉，吃了很多年的苦。我懇求你和你的丈夫，還有在座的老爺發發慈悲，送我早日回家鄉，和親人團聚。"		做事謹慎
(5)"這件事不能怪公主，是我自己不肯跟他們一道來的。我怕這麼做太冒昧了。"		被激怒

三、 延伸思考（此部分不設答案，讀者可自由回答）

趣味重溫（2）

一、 你明白嗎

　　1. a, b, d, e, g, h, i, j

　　2.

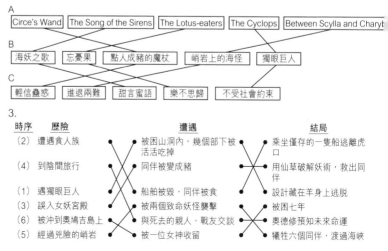

A

| Circe's Wand | The Song of the Sirens | The Lotus-eaters | The Cyclops | Between Scylla and Charyb... |

B

| 海妖之歌 | 忘憂果 | 點人成豬的魔杖 | 峭岩上的海怪 | 獨眼巨人 |

C

| 輕信蠱惑 | 進退兩難 | 甜言蜜語 | 樂不思歸 | 不受社會約束 |

　　3.

時序	歷險	遭遇	結局
（2）	遭遇食人族	被困山洞內，幾個部下被活活吃掉	乘坐僅存的一隻船逃離虎口
（4）	到陰間旅行	同伴被變成豬	用仙草破解妖術，救出同伴
（1）	遇獨眼巨人	船舶被毀，同伴被食	設計藏在羊身上逃脱
（3）	誤入女妖宮殿	被兩個致命妖怪襲擊	被困七年
（6）	被沖到奧鳩吉島上	與死去的親人、戰友交談	奧德修預知未來命運
（5）	經過兇險的峭岩	被一位女神收留	犧牲六個同伴，渡過海峽

二、 想深一層

1.

(1) b

(2)

  a 我叫奧德修，住在伊大嘉島。那是個小小的海島，淨是荒山，土地貧瘠。但是艱苦的環境能鍛煉人。在我看來，天下再也沒有這麼可愛的地方了。

  b 走啊，走啊。忽然，一個巨大的岩洞攔住了去路。岩洞的支柱是用整個松樹和橡樹的大樹幹做的，連樹皮都沒剝下來，樹枝也依然繁煞着。說明岩洞的主人力氣雖大，卻沒有掌握木工技術。

  c 獨眼巨人順手抓起我的兩個部下，張開血盆大口，把他們活活地吃掉了。原來獨眼巨人就愛吃人。在他們看來，人肉比羊肉鮮嫩得多。不過，很少有人漂到這一帶的海岸上，所以他們難得有機會吃到人。

(3) a, b, d

2.

  b 她三次都（像幻夢）一樣從我手裡溜走了。

  d 他是獨眼巨人當中性情最兇惡的一個，塊頭大得簡直（像是一座山）。

  e 我的部下們嚇得縮作一團，渾身（像篩糠一樣瑟瑟發抖）。

3.

(1) c　(2) c　(3) b　(4) a　(5) b；a c；d；e；g

4.

對話	奧德修性格特點
(1) 波呂菲謨： "你叫甚麼名字？" 奧德修： "我叫無人。我的親戚朋友都這麼稱呼我。"	俠義正直
(2) 奧德修： "喂，獨眼巨人！要是有人問你，是誰把你的眼睛弄瞎的，你就告訴他：伊大嘉國王奧德修替那些無辜的受害者報了仇！"	機智聰明
(3) 刻爾吉： "把船靠近斯鳩利那邊，趕快渡過難關吧。因為犧牲六個夥伴，總比一起都遭殃要強一些。" 奧德修： "我能不能一方面躲避卡呂布狄，一方面抵抗斯鳩利，不讓它抓走夥伴們呢？"	機警多疑
(4) 阿戲留： "你好大膽，怎麼跑到陰間來了。" 奧德修： "我是來找泰瑞西阿的鬼魂的，問問他，我該怎樣回到伊大嘉。"	愛護士兵
(5) 刻爾吉： "看來你一定就是大智大勇的奧德修了。赫爾墨曾好幾次告訴我，說奧德修要乘黑色的船到這兒來。你在我家住下吧，我要好好地款待你。" 奧德修： "你必須先賭一個大咒，保證不再搞甚麼陰謀詭計來害我，我才肯留在你這裡。"	有膽量

三、 延伸思考（此部分不設答案，讀者可自由回答）

趣味重溫（3）

一、 你明白嗎
    1. b
    2.
        （ 4 ）裝扮成乞丐混入王宮
        （ 1 ）回到故鄉
        （ 6 ）夫妻夜會相逢不相識
        （ 2 ）投靠可靠的豬倌
        （ 8 ）消滅求婚者大快人心
        （ 5 ）擊倒惡乞丐初顯神威
        （ 9 ）夫妻相認
        （ 3 ）父子相認共商復仇大計
        （ 7 ）射箭比賽技壓群雄
    3.

人物	對待奧德修的態度
豬倌	改變奧德修的模樣，促成父子相認
牛倌	嘲笑喬裝成乞丐的奧德修
女奴	熱情收留喬裝成乞丐的奧德修
智慧女神	挑釁裝成乞丐的奧德修，反被教訓
叫花子	幫助奧德修向他妻子隱瞞真實身份
羊倌	為求婚子弟拿武器對付奧德修
老保姆	協助奧德修父子殺死求婚的貴族

二、 想深一層
    1. c
    2.
        a. 父子商量怎樣向求婚者報仇。
        b. 奧德修聽從雅典娜意思，與子相認，驚喜交加，抱頭痛哭。
        c. 阿戈臨終前認出主人，奧德修傷心掉淚。
        d. 教訓了嘲笑他的叫花子，初露身手。
        e. 奧德修與保姆相認內心又激動而謹慎，示意保姆繼續幫他隱瞞身份。
        f. 奧德修借助比試大弓的機會，殺死求婚者報仇雪恥。
        g. 夫妻情深，經過重重考驗終於團圓。
        h. 奧德修見到父親既難過又高興，父子相認。
        其中，線索 1 的高潮發生在 f ；線索 2 的高潮發生在 g
    3.
        （1）a
        （2）d
        （3）b
        （4）c
        （5）e

三、 延伸思考（此部分不設答案，讀者可自由回答）

商務印書館 📖 讀者回饋咭

　　請詳細填寫下列各項資料，傳真至 2565 1113，以便寄上本館門市優惠券，憑券前往商務印書館本港各大門市購書，可獲折扣優惠。

所購本館出版之書籍：_____

購書地點：_____　　姓名：_____

通訊地址：_____

電話：_____　傳真：_____

電郵：_____

您是否想透過電郵或傳真收到商務新書資訊？　1□是　2□否

性別：1□男　2□女

出生年份：_____年

學歷：1□小學或以下　2□中學　3□預科　4□大專　5□研究院

每月家庭總收入：1□HK$6,000以下　2□HK$6,000-9,999
　　　　　　　　3□HK$10,000-14,999　4□HK$15,000-24,999
　　　　　　　　5□HK$25,000-34,999　6□HK$35,000或以上

子女人數(只適用於有子女人士)　1□1-2個　2□3-4個　3□5個以上

子女年齡(可多於一個選擇)　1□12歲以下　2□12-17歲　3□18歲以上

職業：1□僱主　2□經理級　3□專業人士　4□白領　5□藍領　6□教師　7□學生
　　　8□主婦　9□其他

最常前往的書店：_____

每月往書店次數：1□1次或以下　2□2-4次　3□5-7次　4□8次或以上

每月購書量：1□1本或以下　2□2-4本　3□5-7本　4□8本或以上

每月購書消費：1□HK$50以下　2□HK$50-199　3□HK$200-499　4□HK$500-999
　　　　　　　5□HK$1,000或以上

您從哪裏得知本書：1□書店　2□報章或雜誌廣告　3□電台　4□電視　5□書評/書介
　　　　　　　　　6□親友介紹　7□商務文化網站　8□其他(請註明：_____)

您對本書內容的意見：_____

_____

您有否進行過網上購書？　1□有 2□否

您有否瀏覽過商務出版網(網址：http://www.commercialpress.com.hk)？1□有　2□否

您希望本公司能加強出版的書籍：1□辭書　2□外語書籍　3□文學/語言　4□歷史文化
　　　　5□自然科學　6□社會科學　7□醫學衛生　8□財經書籍　9□管理書籍
　　　　10□兒童書籍　11□流行書　12□其他(請註明：_____)

根據個人資料「私隱」條例，讀者有權查閱及更改其個人資料。讀者如須查閱或更改其個人資料，請來函本館，信封上請註明「讀者回饋咭-更改個人資料」

香港筲箕灣
耀興道 3 號
東滙廣場 8 樓
商務印書館(香港)有限公司
顧客服務部收